华莉丝·迪里（上图）

华莉丝·迪里的出生地：索马里加尔卡尤（下图）

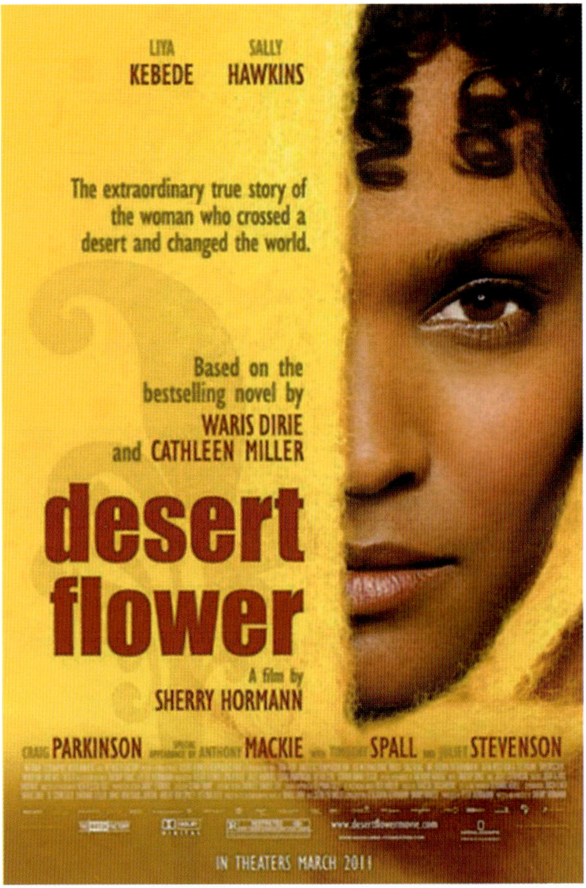
LIYA
KEBEDE
SALLY
HAWKINS
The extraordinary true story of the woman who crossed a desert and changed the world.
Based on the bestselling novel by
WARIS DIRIE
and CATHLEEN MILLER
desert
flower
A film by
SHERRY HORMANN
PARKINSON
MACKIE
SPALL
STEVENSON
IN THEATERS MARCH 2011

《沙漠之花》电影海报

《沙漠之花》电影剧照

华莉丝·迪里（右）
与其扮演者莉亚·科贝德（左）

The Extraordinary Journey of a Desert Nomad

DESERT FLOWER

WARIS DIRIE with CATHLEEN MILLER

世界名模
华莉丝 · 迪里自传

沙漠之花

华莉丝 · 迪里　凯瑟琳 · 米勒 - 著

赵为 - 译　黄健人 - 校译

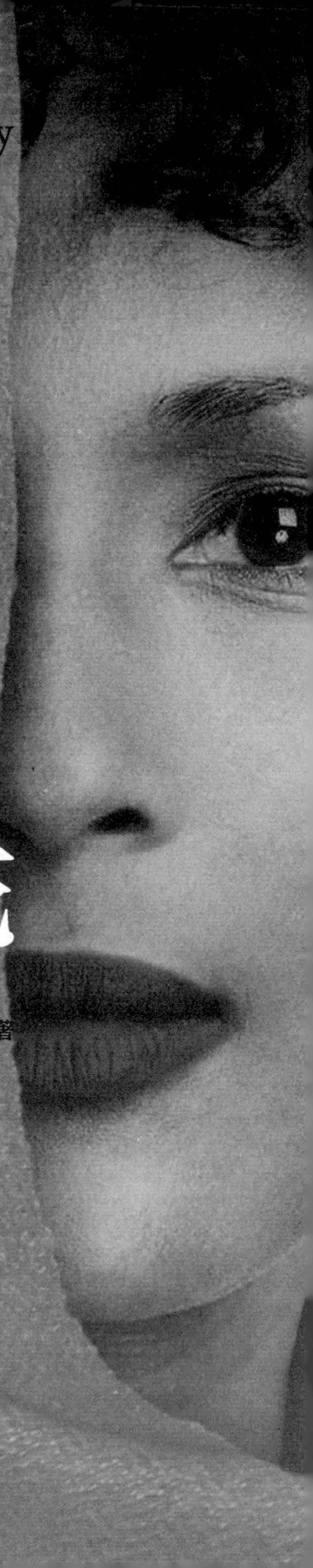

漓江出版社

· 桂林 ·

图书在版编目（CIP）数据

沙漠之花：世界名模华莉丝·迪里自传 / 华莉丝·迪里，凯瑟琳·米勒著；赵为译.—桂林：漓江出版社，2012.9（2024.6 重印）
ISBN 978-7-5407-5843-1

Ⅰ.①沙… Ⅱ.①迪…②米…③赵… Ⅲ.①传记文学—现代 Ⅳ.①I521.55

中国版本图书馆 CIP 数据核字（2012）第 172046 号

Shamo zhi Hua
沙漠之花——世界名模华莉丝·迪里自传

华莉丝·迪里　凯瑟琳·米勒　著
赵为　译　黄健人　校译

出 版 人　刘迪才
责任编辑　张　谦　刘红果　胡子博
装帧设计　周泽云
责任监印　张　璐

出版发行　漓江出版社有限公司
社　　址　广西桂林市南环路 22 号
邮　　编　541002
发行电话　010-85891290　0773-2582200
邮购热线　0773-2582200
网　　址　www.lijiangbooks.com
微信公众号　lijiangpress

印　　制　香河县闻泰印刷包装有限公司
开　　本　880 mm×1230 mm　1/32
印　　张　8.5
字　　数　154 千字
版　　次　2012 年 9 月第 1 版
印　　次　2024 年 6 月第 6 次印刷
书　　号　ISBN 978-7-5407-5843-1
定　　价　48.00 元

献给我的母亲

行走在生命之路上，会遭受风雨，会享受阳光，也会身陷无数飓风的风眼——一个人能否生存下去，完全取决于意志是否坚强。因此，我要把这本书献给我坚韧不拔的母亲，法杜玛·阿迈德·阿登。站在她的肩膀上，我才看到了世界。

每逢不可想象的厄运露出獠牙，母亲给了我们这些孩子信仰的证明。她一生哺育了十二个小孩——这本身就非常了不起——将慈爱不偏不倚地给了每一个孩子，她的睿智令再深刻的哲人都相形见绌。

母亲这辈子牺牲了很多，却很少抱怨。每一个孩子都知道，无论境况多么窘迫，母亲都会全心奉献，毫无保留。尽管母亲不止一次承受丧子之痛，她依然勇敢坚强，竭尽全力，把活下来的孩子一一养大。她的心灵慷慨博达，美貌和美德都备受赞扬。

妈妈，我爱你，尊重你，珍惜你；我赞美伟大的安拉，赐给我你这样的母亲。你曾不知疲惫地养育你的孩子，而我也将沿着你的路，培养我的儿子成长。

啊，你是轻浮少年追逐的飞扬裙裾
啊，你是价值千金的华美挂毯
我只有幸看到你一眼，
穷尽一生，能否寻见他人与你相似？

雨伞会被狂风打散，而你的强韧犹如铁环
啊，你就像内罗毕精雕细刻的黄金
你就是初生的太阳，清晨的霞光
我只有幸看到你一眼
穷尽一生，能否寻见他人与你相似？

——索马里古民谣

作者按

本书根据华莉丝·迪里的亲身经历撰写，根据华莉丝的记忆，所有事件均为事实，所有人物均真实存在。出于隐私考虑，我们改动了大部分的人物姓名。

目录
Contents

Chapter 1

离家出逃

非洲沙漠中，正午时分的阳光炙烤着大地，毫不留情。一棵树庇护着我的头顶，我昏睡着。轻微的声响惊醒了我，睁开眼，发现自己正看着一头狮子。我倏然清醒，眼睛不由自主越睁越大，然而睁得再大，也装不下这头庞然大物。我努力想站起来，可双腿撑不起几天没吃过东西的虚弱身体。我摇晃着，倒下，重重地靠回树干。疲惫地歪着头，闭上眼，粗糙的树皮硌压着头皮。狮子离我这么近，能闻到炙热空气里它的气味。我求告安拉："神啊，我的日子到了。请接我回去吧。"

穿越沙漠的漫长旅程到此为止。我无处藏身，没有武器，连逃跑的力气都没有。即便精力充沛，我知道也不可能靠爬树躲过狮子的巨掌。所有猫科动物都有强有力的前爪，都是攀爬高手，狮子也不例外。等我好容易爬到半路，狮子一巴掌就能把我打下树去。既然知道山穷水尽，便无可畏惧，我睁开眼睛，对狮子说："过来抓我吧，我准备好了。"

这是一头俊美的公狮，金色的鬃毛，来回摆动着的长长尾巴驱赶着苍蝇。年纪大概五到六岁，年轻而健壮。狮子乃沙漠之王，眨眼工夫就可以把我撕得粉碎。我无数次地亲眼看到比我重好几百公斤的野羚羊和斑马如何命丧狮子的巨爪。

狮子直勾勾地盯着我，幽幽地眨动着蜜黄色的双眼。我也用自己褐色的眼睛回盯过去，目不转睛。它望向别处。我对它说："来吧，过来抓我吧。"狮子再看我一眼，又望向别处。它伸出舌头，舔舔嘴巴，一屁股坐了下来。随即站起身，在我面前来来回回地踱步，身影优雅雄健。最后，它肯定觉得我骨头上的肉太少，不值得麻烦，便悠然转身，款款向沙漠走去，黄褐色的身体渐渐隐入茫茫黄沙。

从头至尾，我并不曾害怕；因此意识到自己不会丧生狮口时，也没有长舒一口气。之前，我已经做好赴死准备。不过，看来一直佑护陪伴着我的神灵对我的生命另有安排，还存在着某个让我活下去的理由。我一面默默叹息："神啊！为什么让我活着？引导我，带领我吧！"一面挣扎着站起来。

我所以会独身踏上这条噩梦般的沙漠征途，只因要从父亲身边逃走。当时我十三岁，和家人一起生活在索马里的沙漠里。我们是游牧民族。父亲宣布要把我嫁给一个老头。我知道自己得赶快行动，不然，没准哪天未来的丈夫就会把我从家中带走，我告诉妈妈我要逃走。我计划逃往索马里的首都摩加迪沙，投奔我从未谋面的姨妈。当然，我从没去过摩加迪沙——也没去过其他任何城市。但是小孩子总是乐观，总觉得奇迹一定会发生，自己一定会顺利。

父亲和兄妹们还在睡梦之中，妈妈把我推醒，对我说："快走吧。"我四下看看，想发现能带上路的东西，可什么都没有——没有水，没有牛奶，没有食物。就这样，我光着脚，披上一条围巾，只身逃入了漆黑夜幕中的大漠。

不知道摩加迪沙在什么方向，我只知道要跑。夜色浓重，看不清楚道路，一开始我跑得很慢，跌跌撞撞，脚底不时绊到树根。非洲遍地有蛇，我怕蛇怕得要死，每次脚踩到树根，都觉得自己正踏中一条咝咝吐信的眼镜蛇。最后，我决定先坐下等到天色亮起。天空刚发光，太阳还未升起，我便一溜烟像瞪羚般飞奔上路了。跑啊，跑啊，一个钟头接一个钟头，往前跑。

中午时分，我已经进入了红色沙漠的深处，同时思绪纷扰。我这到底是往哪儿去？连自己是往哪个方向跑都不知道。目之所至，景色一成不变，沙漠不断向远方绵延，偶尔点缀着几棵金合欢树，可以远眺到数里之外。又饿又渴又疲倦，我慢下脚步，改跑为走。头晕目眩，心烦意乱，我问自己，新生活到底会把我带向何方？接下来还会发生什么事？

正胡思乱想，仿佛听到了一个声音："华莉丝……华莉丝……"是父亲在叫我！我赶忙四下张望，却没看到人。莫非是幻觉？我想。"华莉丝……华莉丝……"呼唤在四周回荡，听来那么恳切，我却恐惧万分。倘若被他抓到，肯定会被带回家，被迫嫁给那个男人。父亲肯定还会把我痛打一顿。不，这不是幻觉，就是父亲在追我，而且他离我越来越近！大事不好，我撒腿就跑。虽然领先父亲好几个小时，但他眼看快要追上来了。我后来才发觉，他这一路就是循着我在沙中留下的足迹，步步紧追的。

我年纪轻，速度快，父亲那么老了，肯定追不上我——我以为。如今回忆起来，不由得为自己的孩子气好笑：父亲当时不过三十多岁。我家个个都是跑步健将。因为没有车，也没有任何公共交通工具，无论到哪我们都是跑着去。赶牲畜、找水源、出门之后要在天黑前跑回家，就练就了一双飞毛腿。

一阵狂奔，听不到父亲的喊声了，我放缓步子开始小跑。心想，如果一直不停下来，父亲会很快疲倦，打道回府。突然，我回头睃一眼，正看到父亲跑上了我身后的沙丘。他也看到了我。又惊又怕，我拼命跑，越跑越快。我们二人仿佛在沙的海洋上冲浪，我刚冲上一个沙丘顶，他就从后面一个沙丘上滑下来。这样你赶我追，一连几个钟头。终于，我发觉好些时候没再看到他了。他也没有再喊。

我的心咚咚直跳，停住脚步，躲到一丛灌木后头，紧张地张望——什么也没看到；竖着耳朵仔细听——什么也没听到。继续往前走，看到一块平整的石头，便驻足休息。再次动身上路时，已经汲取了昨夜的教训，明白不能在沙地上留下足迹，而岩石周围土质坚硬，我便沿着石头走，并且改变了方向，好让父亲找不到我。

我想父亲之所以掉头，是为了在天黑之前赶回家。红日已开始西沉。不过无论父亲如何紧赶慢赶，都不可能在光线消逝之前回去。他得在茫茫夜色中奔跑，侧耳搜寻家人的声音，跟着孩子们的尖叫和欢笑、牲畜的叫声，在黑暗中找寻回家的路。声响可以随着风在沙漠中传播很远，这些声响正是我们迷失夜路时的灯塔。

沿着岩石走了一阵，我改换了前行的方向。其实，选哪个方向走都一样，反正也不知道怎么才能走到摩加迪沙。我一直往前跑，直到太阳完全下山，收拢最后一缕光线，黑黢黢的夜里什么也看不见。我饥肠辘辘，头脑里只有食物；脚底也跑出了血。我在一棵树旁坐下休息，然后就睡着了。

晨光把我晒醒。睁开眼睛，凝视头顶这棵向天空伸展的美丽的尤加利树。一点，一点，我缓过神来：天啊，孤孤单单。我到底该怎么办才好？

我站起来，接着往前跑。一天又一天，我努力地跑着。到底跑了多少天我也不确定。没有时间感；除了饥饿、干渴、恐惧和疼痛之外，什么都感觉不到。夜色过于浓重时，我就停下来休息；正午阳光过于强烈时，我便找一棵树，在树荫下打个盹。

被狮子惊醒之前，我正是这样睡着。多天奔波之后，我已经不在乎自由不自由，只想回到妈妈身边。对妈妈的渴望甚至超过了水和食物。对我们这些大漠里的孩子来说，一两天不喝水，不吃东西一点不稀奇，但现在，我知道自己再也坚持不了多久了。身子虚弱得几乎动弹不得，双脚裂得满是口子，又酸又疼，每一步都像踩上刀尖。狮子坐在我面前，贪婪地舔着嘴巴时，我并不害怕。我已然放弃了求生希望，甚至盼它能给我一个痛快的解脱。

然而，狮子仅仅打量了一番我嶙峋的骨头、干瘪的面颊和凸起的眼睛，信步走开。也许它可怜我这条悲惨的生命，也许它不过觉得我连像样的零食都算不上，便懒得花工夫。也许是神决定帮我一把。我想，神总不会如此狠心，先让我苟活片刻，再让我死得更惨，比如活活饿死吧？那么，他必然对我的生命还有别的安排。于是，我扶着身旁的树，慢慢站起，呼唤着神，希求他的引导和帮助。

我又上路了。走了几分钟，到了一片骆驼的放牧区，找出一头奶最多的母骆驼，飞奔过去，贪婪地吮吸着它的乳汁。牧人发现了我，一边大吼：“快滚，你这个小杂种！”一边挥舞着牛皮鞭。可我顾不上害怕，仍然大口地吮着骆驼奶，能喝多少就喝多少。

牧人朝我冲过来，大声叫骂着。他知道再不赶紧把我吓走，等到他跑过来，这头骆驼的奶肯定都会被我喝光。已经差不多喝够，我赶忙撒腿逃跑。牧人在后面紧追，长长的鞭子抽到我好几下，然而我比他敏捷，终于逃远了。他只好停下，站在黄沙之中，连声咒骂。

身体里终于又有了能量，我活了过来，一路不停地跑啊跑，直到一座村庄才停下来。我是游牧家庭的孩子，从没进过村镇。这里有房屋，有夯实土地的街道。我想当然地走在街道正中间，呆头呆脑，东张西望，脑袋从左转到右，从右转到左。一个女人从我旁边走过，把我一番上下打量，然后朝我喊道：“你这傻瓜！你以为自己是谁啊？”指着我满是裂口的脚，她对其他的路人大声说：“天哪，你们瞧瞧她的脚！肯定是个乡下笨丫头！”这个女人又对我喊：“小丫头，要想活命，快滚到一边去！快从路上滚开！”她一把把我推到一边，放声大笑。

我知道所有人都听到了她的话，难为情地低下头。可我不明白她的话什么意思，还是继续在马路中央走。很快，后面来了辆卡车，喇叭不停地“哔！哔！”叫，我忙跳到一旁。转过身，小汽车、大卡车一辆接一辆，在眼前驶过，我伸长了胳膊，并不知道自己做的是搭便车的手势，只想伸长胳膊好让哪辆车停下来。一辆飞驰而过的汽车差点没把手给撞掉，幸亏我缩得快。过了一会，我又把手伸了出来，这次没敢伸太远，身子也往路边靠了靠，继续往前走。我睁大眼睛，望着那些从我身边飞驰而过的人，默默祈祷他们中间会有一个愿意停下来帮我一把。

终于，一辆卡车停下来。接下来的事令我非常羞愧，然而发生了就是发生了，我无可隐瞒。直到今天，每次想到那辆缓缓停下的卡车，我都希望当时自己听从了直觉，不曾上车。

车上装满了棱棱角角，棒球大小的石头，是给建筑工地的石料。车厢里坐着两个男人。司机打开门，对我说："上车吧，小美人。"我孤立无助，恐惧不安。

"我要去摩加迪沙。"我说。

司机咧嘴一笑，说："你想去哪儿都行。"他笑的时候，露出了嘴里红色的牙齿，烟草一般红。可我知道，那颜色不是烟草染上的，而是恰特草。恰特草有兴奋作用，类似可卡因，非洲男人们常嚼。我看父亲吃过一次。女人们不准碰它，也不应该碰它。嚼过恰特草，男人都癫狂兴奋，狂躁冲动。这种草毁了无数人的生活。

我觉得自己麻烦上身，然而实在没其他办法，只好点头。司机让我爬到运石头的车厢去。不用和那两个男人坐在一起，我稍稍放松了些。爬上车，我坐到角落里，扭动着身子，尽量在石头堆上坐得舒服些。天已黑，沙漠凉了起来。车子起动，我躺下来，避开冷风。

还没反应过来，司机旁边的那个男人已经到了我身边，半跪在石头上。这个人四十多岁，丑陋不堪。为了掩饰自己令人厌恶的面目，他蓄了小胡子。牙齿歪歪扭扭，还缺了几颗；剩下的牙被恰特草染成恶心的红色。他咧嘴一直朝我笑,仿佛为自己的牙扬扬得意。我活着一天,就一天不会忘记那狰狞猥琐的嘴脸。

他一把扯下自己肥胖身躯上的裤子,阴茎勃起老高。他抓住我,死命地想要掰开我的腿。

“别,别,求求你。”我不断地哀求着。瘦弱的双腿紧紧地缠绕在一起,恨不得把它们打成死结。男人和我扭打成一堆,用力要把我的腿拉开。数次努力未能得逞,他扬起巴掌,狠狠扇了我一耳光。我的尖叫被夜风吹散,而卡车急速前行。

“分开你的贱腿!”我和他继续厮打,他压在我身上,石头的棱角深深地刺进我的背。他又一次扬起胳膊,又一次扇了我一耳光,这次下手更重。我明白自己打不过他,必须想别的办法。狗杂种很清楚自己在干什么,手法如此老到,肯定不是头回对女人施暴,我不过是又一个牺牲品罢了。真想杀了他,真想杀了他!可是没有武器,怎么办?

于是,我装作不打算再反抗的样子,温顺地说:“行,行,你先让我撒泡尿。”看得出来,他更加兴奋了——嘿,这小丫头打算接受他了!他松开手让我站起来。我走到对面那堆石头的后面,在黑暗中蹲下身,装作撒尿的样子,为自己争取时间。悄悄抓起手边最大块的石头,藏到身后,我回到他身边,躺下。

他爬到我身上,我紧紧握住手中的石头,抬起手,使尽全身的力气,砸向他的太阳穴。他被我这一击打得晕头转向。我再次用石头狠击他的头,他轰然倒下。我不知自己从何处获得力量,突然成为勇敢的战士,浑身是劲。若有人袭击你,要害你性命,你也会骤然强大,强大得超乎自己的想象。我一记又一记地猛击,男人躺在那里，血从耳朵里涌出来。

司机从驾驶室里看到了一切。大呼一声："怎么回事？！"旋即减速，想在树丛中找个地方停下。我清楚，被他抓住就完了。车的速度慢下来，我爬向车尾，在石头上站稳，野猫般纵身一跃跳下车，一路拼命狂奔。

卡车司机是个老头，他跳下驾驶室，声嘶力竭地尖叫："你把我的朋友给杀了！你给我回来！你杀人了！"他在低矮的灌木丛中只追了我一会就罢休了。我以为他已经放弃。

然而，他转身爬上车，打火启动，向我的逃路开来。车头的两个大灯照亮了我脚下的沙漠，发动机的轰鸣就在身后。我死命地跑，可很快卡车就拉近了与我的距离。我兜着圈子，尽量往灯照不到的黑处跑。司机找不见我，只好掉头，沿原路开走了。

如同一头被猎人追逐的野兽，我跑啊跑啊，越过沙丘，钻进灌木丛，钻出灌木丛，跑进沙漠，慌不择路。太阳从东方升起，我只顾跑，直到终于又看见了马路。虽然害怕昨夜的噩梦再度上演，我还是决定再次拦车。得赶快离开这里，离卡车上的两个人越远越好。那个企图强暴我的家伙是死是活，我不得而知，可我死也不愿意再见到他们。

站在马路边，晨光照耀着我，肯定不会美得让人神魂颠倒——披巾已成破布；在沙漠中奔跑数日后，灰头土脸；胳膊和腿瘦骨嶙峋，就像被狂风折断的树枝；脚上全是伤疤，就像得过麻风病。我挥动着手臂，拦下来一辆奔驰。车停到路边，车里的男人衣着优雅，问我："你要去哪儿？"

我爬到真皮座椅上，这前所未见的奢侈让我目瞪口呆。我指着车子前进的方向,回答道:“就去那边。”男人笑起来,露出一口雪白精致的牙齿。

Chapter 2

■ 我与动物 ■

出逃之前，我的生命中只有自然、家人和牲畜。没有牲畜，我们全家就没有活路。和全世界其他地方的孩子一样，我从小热爱动物。小山羊比利是我至爱的宠物，也是我生命中最早的记忆。比利和当年的我一样，都是蹒跚学步的宝宝，我爱它胜过一切。所有能找得到的食物，我都偷偷地喂给比利，把它养成了羊群中最胖最快活的小家伙。我的母亲常纳闷："别的羊都瘦，这一头怎么这么肥？"我细心照料比利，给它梳毛，总是边爱抚着它，边和它说话。

我和比利的亲密无间，集中体现了我们的生活。在索马里，全家的命运和牲畜紧密交织在一起。活命全指望牲畜，我们尊重并爱护它们。无论做什么，动物的福祉永远排在第一位。家里的孩子学步伊始便帮着照顾牲畜。我们和牲畜一起长大，它们繁盛时我们便繁盛，它们受苦时我们也受苦；畜群死亡时我们也没法苟活。我们家养了奶牛、绵羊和山羊；尽管我最爱我的小比利，但对全家生计而言，最要紧的却是骆驼。

索马里的骆驼富于传奇色彩：索马里乃全世界骆驼最多的国家，骆驼数量比全国人口还多。漫长的索马里口述诗歌史上，无数诗篇讲述着关于骆驼的故事，传颂着骆驼对索马里文化的重大意义。记得母亲曾经给我们唱过一首歌，歌词大意是：“我的骆驼被那个坏人夺走了，他把我的骆驼偷走了，会把它杀掉。所以我乞求，所以我祈祷，请把我的骆驼还给我。”骆驼就是索马里人的黄金，它们对我们有多重要，打出生起我便铭记在心。在茫茫大漠中，没有了骆驼，人就活不下去。

甚至索马里人的生命价值，也用骆驼来计算——被杀害的男人，他的命值一百头骆驼。杀人者的家族必须赔偿被害者的家人一百头骆驼，不然被害者的家人便会报仇雪恨。新娘的价值也由骆驼来衡量。日常生活里，人们靠着骆驼活命。骆驼对沙漠的适应能力没有任何其他家畜可以媲美。一周才喝一次水，但不喝水也能存活一个月；而且母骆驼不喝水还能继续产奶，为饥渴的我们提供养料，在缺乏水源的沙漠里，骆驼奶无比珍贵。哪怕在极端炎热的季节，骆驼仍能保持身体中的水分，生存下去。在索马里荒芜的大地上，骆驼仅靠啃灌木就能活下去，把草留给其他牲畜。

我们索马里人养育骆驼，靠它们穿越沙漠，靠它们搬运我们少得可怜的财产，靠他们清偿债务。其他国家的人们也许跳上车就能远行，而在索马里，除开我们自己的双腿外，唯一的交通工具就是骆驼。

骆驼习性与马接近，和自己的主人感情深厚，愿为主人做很多事。男人们冒着危险驯服了年轻的骆驼之后，便可以训练它们，教它们学会被人骑乘，听从指挥。训练骆驼必须态度坚决；因为骆驼只要感觉骑手软弱，便会使劲把他甩下去，或者尥他一蹄子。

和大多数索马里人一样，我们是牧人。虽然拥有数量庞大的骆驼、牛、绵羊和山羊，在索马里算得上是富人，但全家仍然经常挣扎在死亡线上。依照传统，我的兄弟们负责照顾牛和骆驼这样的大牲畜，而我们女孩子则负责体积小些的牲畜。

我们在沙漠里游牧，在一处地方最多待上三四个星期便继续前行。为了照顾牲畜，我们不得不四处流浪，在干旱的索马里大地上，辛辛苦苦为它们寻觅水源和食物。

我们住在一种草编的小屋子里，这种屋子可以搬运，类似帐篷。我们先用棍子搭成框架，再把母亲织好的草垫子放到拱形的架子上，这样就搭成了圆形小屋，直径大约 1.8 米。到时候拔寨起营，我们把屋子拆散，把棍子和草垫，以及我们的几件零碎东西绑到骆驼背上，婴儿和小孩可以骑骆驼，其他人则赶着牲畜，一路步行，寻觅水源和牲畜吃的草丛，找到了才能落脚，再把屋子架起来。

小屋保护婴儿的安全，在正午的烈日下提供一丝阴凉；新鲜的奶也存在屋里。夜晚来临之后，大孩子和成人都露天睡在星空之下，孩子们在一张垫子上蜷成一团。太阳一下山，沙漠气温骤减，家里的毯子不够一人一条，我们的衣物也少，所以只能抱成一团，彼此以体温取暖。父亲是孩子们的保护神，睡在稍远处，守卫着家人的安全。

清晨，我们和太阳一同起身。头一桩事，就是去畜栏挤奶。无论我们睡在何处，都会砍下矮树搭成围栏，防止牲畜在夜里走散。幼畜和母畜必须分开睡，不然幼畜会把所有的奶喝完。我每天得挤牛奶来做黄油，同时还得给牛犊留下足够的奶。挤完奶，我们才把牛犊放进母牛的围栏，让它们吃奶。

早晨的活干完了之后，我们喝骆驼奶做早饭。骆驼奶的营养最丰富，还含有维生素 C。我们游牧的地区非常干燥，没有水来种庄稼，所以吃不到蔬菜和面包。有时我们会跟着疣猪，寻找植物。疣猪是非洲的大型野猪，它们可以嗅出地底下可食用的块茎，用蹄子和獠牙把块茎挖出，然后大嚼一顿。我们也得以分一杯羹。

把牲畜杀掉吃肉，在我们看来就是浪费。只在紧急情况下或重要场合，比如婚礼，我们才会宰杀牲畜。它们太贵重了，我们养牲畜是为了取奶，以及用它们换取生活必需品。平时我们就靠骆驼奶活着——早上喝奶当早饭，晚上再喝奶当晚饭。当骆驼奶不够所有人充饥时，我们先让最小的孩子吃，然后是大人。不等所有人吃完，母亲绝不会动食物。说句实话，记忆里我从没见过母亲吃东西。哪一天晚上没有东西可吃，也没什么大不了，不值得惊慌。小宝宝可能会哭，但大点的孩子都知道该怎么办——早点睡觉就是了。我们努力保持平静的好心情，祈祷明天神会帮我们找到食物。我们对自己，对彼此说“In' shallah”，意思是“唯神所愿”——这也是我们的生活哲学。我们知道生命倚赖自然中的各种力量，而这些力量唯有神能掌控。

大米对于我们来说，不啻于节日的盛宴。每次父亲背一袋米回家，我们都像过节一般开心。我们用母亲手编的篮子摇晃牛奶，做成黄油，再用黄油烹调米饭。偶尔，我们会拿一头山羊换取索马里较湿润的地区出产的玉米；磨碎后做稀饭，或在热锅上爆玉米花。要是我们的营地附近有其他牧人安家，我们会把食物与他们分享。只要一家人有食物，无论是枣子还是块茎，甚至宰杀牲畜后割了肉，人们都会共同享用。虽然，在沙漠中一同放牧的一般只有两三家人，大部分时间与世隔绝，我们对群体仍有归属感，因此愿意与他人有福共享。从实用角度看，没有冰箱，无法保存肉和其他的新鲜食物，也必须尽快吃掉。

早饭过后就该赶着牧群出门了。六岁的我每天都得赶着六十到七十头绵羊和山羊走进沙漠，给羊群找食。手里握着长长的棍子，我独自哼着歌，领着羊群往前走。棍子用来把脱离队伍的羊赶回去。羊儿们知道，出了围栏就意味着去打食，所以无需我太多驱赶。要找到丰美的水草，非得早起早出门不可。日复一日，我东奔西跑地找水，为保证我的羊群有水喝，必须得赶在其他牧人前头。而且太阳一升高，干涸的大地便会迅速吸走表面所有的水分。我让羊群把水喝饱，因为水源不好找，这次有水喝，下次可能得等一周、两周甚至三周——谁说得准呢？旱灾发生时，牲畜时有渴死。每天找水的路越走越长，动物们挣扎着前行，可气力总有耗尽的时候。当你看着它们颓然倒下时，你会感觉那么无助，孤立无援；你知道死亡已经来临，而你毫无办法。

索马里的牧区不属于任何人，所以我必须比其他人更敏捷灵巧，才能为我的羊群找到牧草。我本能地会感知下雨的迹象，不断抬头寻觅雨云的踪迹。其他的感官也逐渐敏锐，因为空气中的特殊气味和某种莫名的感觉都可能是下雨的前兆。

羊群静静地吃着草，我则防备着入侵者。非洲到处都有觅食的食肉动物。鬣狗会鬼鬼祟祟地靠近羊群，攫取离群的小羊；还有成群的狮子和野狗到处游荡。这些掠食者成群结队，而我孑然一人。

我不时抬头望天，计算着得走多远才能在天黑之前回到家。然而无论我如何小心，还是一次又一次失算。黑暗中，我跌跌撞撞地赶着羊，往家的方向走，鬣狗知道我看不见它们，纷纷向羊群发起攻击。我刚抡起棍子打走这只，那只已绕到了我身后。我刚把那只赶开，又有一只趁乱跑上前。最难对付的就是鬣狗，它们不抢到食物绝不会罢休；这一轮进攻没得手，下一轮立马接上。等我终于回到家，放羊归栏时都要数上好几遍。一天晚上，清点数目时发现少了一只。从头点了一遍，还是少了一只。再点一遍，就是少了一只。突然，我发现自己没看到比利。马上冲进羊群，寻觅它的身影，然后尖叫："妈妈，妈妈，比利不见了！怎么办？怎么办？"当然，一切都晚了。鬣狗早已把我心爱的小肥羊叼走。我放声大哭，母亲抚摸着我的头。

无论何时何地，无论生活多困苦，我们都必须照顾好牲畜。哪怕面对干旱、疾病甚至战争，我们首先考虑的永远是牲畜的安全。索马里政局动荡，城市经常陷入混乱，不过我们身处沙漠，与世隔绝，因此很少被困扰。然而，大概九岁那年，一支数量庞大的军队开进沙漠，在离我们不远的地方安营扎寨。我们听过传说，士兵们会强暴独身在外的女孩，我认识的一个姑娘就不幸遭此劫难。索马里政府军也好，火星人入侵地球的大军也好，都一样可怕。他们不是游牧部落，不是我们的一分子，我们不惜一切也要避开他们。

一天早晨，父亲派我饮骆驼，我便带领牧群出发。军队明显在夜里向前推进了，现在驻扎在道路四周，目力所及，到处散布着军队的帐篷和卡车。我躲在一棵树后面，远远地望着穿军服的士兵四处晃荡。想起那个被强暴的女孩，我胆战心惊。我孤立无援，如果被抓到，那些男人可以对我为所欲为。我只看了一眼，就心生厌恶——厌恶他们的军服，厌恶他们的卡车，厌恶他们的长枪。尽管并不清楚他们到底在干什么。然而，即便他们真是为了索马里而战，我也绝不愿意和他们发生牵扯，只想离得越远越好。可是我的骆驼得喝水。另外一条能绕开部队通向水源的路又太远太曲折，领着骆驼群去不了，于是我决定让骆驼散开，让它们自己穿过军队的营地。如我所愿，放开后的骆驼们从士兵中间穿了过去，直接往水源走。我则在营队外围一路猫着腰小跑，在灌木丛和树木后隐藏行迹，绕到水源的另一边，和骆驼群会合。黄昏时分，又靠着同样的策略，安全回到了家。

日落时带着牧群归栏之后，又该挤奶了。我们在骆驼的脖子上挂了木铃铛。黄昏时分，为骆驼挤奶时它们摇晃身体，铃声低沉，在游牧人的耳中不啻于天籁。当太阳渐渐收拢了光彩，低回的铃声犹如灯塔，指引流浪者回家的路。我们按部就班地做着晚上该干的活，沙漠的天穹渐渐暗下，一颗闪亮的星星在天际升起，告诉我们该赶拢羊群，让它们归栏了。其他国家里，这颗星被称为金星，是爱之星，而我们叫它“maqal hidbid”，意思是“把羊藏起来”。

这个时候我常触霉头。从日出就开始忙东忙西的我，天擦黑便直犯困。在暮色中走着，一不小心眼皮就开始打架，被山羊撞得东倒西歪。蹲在地上给羊挤奶，转眼脑袋就栽了下去。要被父亲逮到，可得小心！我爱我的父亲，可他有时真不手软！看到我干活时打瞌睡，他一定会痛揍我一顿，警告我必须认真干活，不能分心。活干完,我们就可以喝骆驼奶当晚饭了。之后,拾掇干柴,升起篝火,沐浴着温暖的火光,我们有说有笑,直到进入梦乡。

回想索马里的岁月,这些夜晚是我最美好的记忆——全家人围坐在火边,每个人的肚子都是饱饱的,每个人都在笑。我们总是努力乐观向上。没人抱怨,没人不满,也没人说:“嘿,让我们聊聊死亡吧。”索马里的生活太艰难,我们用尽全力才能活下去。悲观消沉只会耗尽我们的能量。

虽然远离村镇,但我有兄弟姐妹陪我玩,从不孤单。在所有的孩子里,我的年纪正好是中间:有一个哥哥、两个姐姐和几个弟弟妹妹。我们这些孩子追来追去,没完没了;猴子一样在树上爬上爬下;在沙子上头用手指画方格,玩井字游戏;捡石子,在地上挖洞,下非洲棋。我们还有自创的抛接子游戏,用的不是西方常见的橡皮球和金属球,而是石子:把一颗石子抛到空中,再抓起地上其他的石子。玩这个我本领高强,所以也特别喜欢,老缠着我的弟弟阿里陪我一起玩。

其实,在野外成长就是我们这些孩子最大的幸福。我们是大自然的一分子,沉浸在自然的景色、声响和气味中。我们见过一群群的狮子,懒洋洋整天晒太阳,四脚朝天躺在地上,晃动着腿舒服地打鼾。小狮子像我们一样,跑来跑去,追逐嬉戏。我们也曾追随长颈鹿、斑马、狐狸。最喜欢的是蹄兔。这是一种非洲特有的动物,和兔子长得很像,却是大象的远亲。我们常常耐心地等在它们的巢穴旁边,一看到它们露出头来,便狂追不舍。

一次在外头玩，我找到了一颗鸵鸟蛋。心想蛋孵出来，小鸵鸟就能养成宠物，于是打算把蛋带回家。这颗蛋大概保龄球大小。我正小心翼翼从沙坑里抱起蛋要走，鸵鸟妈妈追了上来。鸵鸟跑得很快——这你大可相信——它们一小时能跑六十多公里。不一会儿，鸵鸟妈妈追上了我，用尖尖的喙“咔咔咔”啄起我的脑壳。我觉得头会像颗蛋一般给啄碎了，连忙放下鸵鸟蛋，撒腿逃命。

我们很少靠近丛林，不过每次进了森林，都特别期盼能看见大象。大象吼声如雷，很远就能听见。我们快快地爬上树，窥视它们。大象和狮子、猿猴及人类一样，成群出没。如果象群中有一头小象，所有的成年象，无论是表亲、叔伯、姨婶、姐妹、父母还是祖父母，都会全力保护小象，不让任何威胁靠近。我们这些人类的孩子趴在高高的树上，开心嬉笑，一连几个小时陶醉在大象的世界里。

然而，和家人共度的这些快乐时光不久便逝去。姐姐离家出走，哥哥进城上学。我逐渐领悟到家庭和生命中悲哀的一面。老天久不下雨，照顾牲畜越来越难。生活愈加艰辛，我也只有愈加坚强。

之所以坚强，部分因为我曾一次又一次目睹我的弟妹们死去。原本，我家该有十二个孩子，如今只剩下六个。母亲曾把一对双胞胎带到世上，随即却不得不目睹他们夭折。她还给我生过一个漂亮的妹妹。宝宝六个月大的时候，头天明明还健康强壮，第二天就突然生病。母亲大声叫我，我赶紧跑过去，看到母亲跪在宝宝旁边。尽管我尚年幼，也能看出大事不好，宝宝像是病得厉害。母亲命令我：“华莉丝，快去给我拿些骆驼奶！”可我被妹妹的样子吓着了,两脚根本挪不开。母亲对我喝道:“快去啊! 快去!”可我就是动不了。母亲尖叫道:“你怎么了?! 还不快去!”

好不容易,我从震惊中回过神,便飞奔去取骆驼奶。心里却明白,等我回来的时候,厄运肯定已经降临。我取来奶时,宝宝已一动不动,我知道她已经去了另一个世界。我盯着妹妹看,母亲重重地甩了我一记耳光。为妹妹的夭折,母亲在心里怪罪我很久。她认为肯定有什么魔力附了我的身——我那样目不转睛地盯着宝宝,是我害死了她。

魔力,我当然没有。但我的弟弟却真的具有超自然能力。但凡见过他的人都觉得他非同一般。我们都叫他“老头”,因为他六岁时头发就全变白了。他非常聪明,富有智慧,我们附近谁有事都来向他求教。邻居们一路走到我家,问:“老头在哪儿?”然后轮流抱起我白头的弟弟,把他放到膝盖上,问他:“你觉得今年什么时候下雨?”我对天起誓,虽然年幼,他从来不像个孩子。他的思考、言谈、坐立和举止都十足是个睿智的老人。每个人都非常尊敬他,同时却又害怕他——“老头”明显和我们不同。“老头”不出十岁就死了,仿佛短短几年就走完了整整一生。没有人知道他的死因,但大家并不奇怪,因为:“他绝对不是我们这个世界的人。”

正如所有大家庭一样,我们家的每个成员也各自扮演着不同的角色。我就是个叛逆分子。好些事情,我觉得自己做得理所当然,天经地义,可在大人眼里,特别在父亲看来,我实在无法无天。一回,我和弟弟阿里一起坐在树下,就着骆驼奶一起吃白米饭。

这可是罕有的美味。阿里狼吞虎咽，一下子就把他那份吃得一干二净，而我每一口都嚼得小心翼翼。我们不是天天顿顿都有饭吃，所以我一直非常珍惜食物，细嚼慢咽，尽心享受。碗里剩的驼奶拌饭不多了，我每吃一口都满心期待着下一口。忽然，阿里猛地把他的勺子插进我的碗里，一下把我的饭舀得干干净净。为了报复，我想也没想，抓起身边的一把刀就往阿里的大腿上刺去。阿里一声尖叫，拔起刀戳进我的腿。我们俩的腿都汩汩地流血，但既然是我先动手，爸妈当然责怪我。直到今天，我和阿里的腿在同样的地方还留着同样的刀疤。

我的叛逆个性很早就显露出来。我小时曾热切渴望得到一双鞋子，这成了一次大爆发的导火索。这辈子我对鞋的狂热程度从未减少。如今做了模特，拥有的衣裳并不多，不过一条牛仔裤几件T恤而已，可鞋，我有整整一柜子：高跟鞋、凉鞋、网球鞋、便鞋、靴子——尽管其实没什么衣服来搭配。孩提时代的我想要鞋子想得发狂，然而家里的孩子连衣服都穿不齐整，更没钱买鞋子。我做梦都想得到一双妈妈穿的那种美丽的皮凉鞋。要是能穿上一双舒服的鞋子，领着牧群出门觅食就不用担心踩到石头和尖刺，不用害怕踏到毒蛇和蝎子。我的双脚永远布满伤口和瘀青，直到今天，上面仍爬着道道黑色疤痕。一根长长的尖刺曾一路戳穿了我的脚。无数次，小刺断在我的脚板里。沙漠里缺医少药，没法治疗。可我们还得领着牲畜长途跋涉。没人会说："今天我不行。"我们自然而然地起床，上路，一瘸一拐，尽量走好。

我父亲有个非常富有的弟弟。阿迈德叔叔住在加尔卡约城里，他的骆驼和其他牲畜交给我们照料。他最中意我看管他的山羊,我总把羊喂得很好,竭尽全力保证羊群不被掠食动物侵扰。七岁那年,阿迈德叔叔来看我们一家,我对他说:“叔叔,我要你给我买双鞋。”

他看了我一眼,笑着回答:“好,好,没问题。会给你买鞋的。”我知道他肯定很惊讶,因为女孩子一般不会开口要礼物,更别提像鞋子这么贵重的东西了。

不久之后,父亲领着我去见阿迈德叔叔。我雀跃激动,一心想着今天就能穿上这辈子的头一双鞋啦。抓住机会,我赶着问:“叔叔,你给我把鞋子带来了吗?”

他一面回答:“嗯,就在这儿。”一面给我一个包裹。我捧着鞋子,仔细一看,原来是双橡胶凉拖鞋。不是妈妈穿的那种美丽皮凉鞋,而是一双廉价的黄色橡胶拖鞋!我无法相信自己的眼睛。

“这也算鞋子?!”我哭喊着,用力把拖鞋扔向阿迈德叔叔,啪地打中了他的脸。父亲努力做出生气的样子,可这副景象实在滑稽,他笑得直不起腰来。

叔叔对父亲说:“太过分了!你是怎么教育这孩子的?”

我冲向叔叔,扬起手臂打他,太失望了!气急败坏地指着拖鞋大喊:“我拼死拼活给你干活,你就拿这破东西来糊弄我?!就这双烂便宜的橡胶拖鞋?!我宁可光脚,宁可光脚走到流血,也不会穿这种破玩意儿!”

阿迈德叔叔无可奈何地看着我,仰天长叹:“安拉啊。”弯腰捡起那双拖鞋,带回了家。

我可不肯这么放弃。打那天开始,一有亲戚、朋友,甚至陌生人去加尔卡约,我就叫他们捎话给阿迈德叔叔:“华莉丝要鞋子!”

然而,我不得不等了很多年,才终于拥有一双属于自己的鞋。在那之前,我仍得照顾阿迈德叔叔的羊群,还得帮着家里看管我们自己的牲畜,打着赤脚,走过了好几千里的路。

对阿迈德叔叔大发脾气的几年前,我还是个小不点,四岁吧,家里来了个客人。这个人叫古班,是父亲的好朋友,经常来看我们。黄昏时分,他站着和我的父母聊天,直到母亲看到金星——"maqal hidbid"在天边升起。该把羊群赶回栏了。古班提议:"我去吧,有华莉丝帮我就行了。"

我很自豪,父亲的朋友不选家里的男孩子,却叫我做帮手。古班牵着我的手,我和他一起往外走,把羊群召拢来。平时,我都像头小野兽般到处乱窜,但天已黑了,我有些害怕,便寸步不离古班。突然,他脱下外套,铺到沙地上,坐下来。我瞪着他,困惑地抗议:"你怎么坐下来了?天都黑了,我们得赶紧把牲畜赶回家。"

"别急,我们有时间。等会儿。"他坐在外套的一边,拍拍身下的衣服:"坐过来啊。"

我不情愿地走到他旁边。我一直喜欢听故事,我想没准儿古班会给我讲一个。问他:"你给我讲个故事好不好?"

古班又拍拍外套:"你坐下,我就给你讲故事。"我刚刚坐下,他就试图把我扑到地上。我扭动反抗说:"我不要躺着。我要你给我讲故事。"

古班使劲按下我的肩膀,说:"嘿,嘿,躺下来我就给你讲故事。"我在他的外套上伸长了脖子,把脚指头埋在凉凉的沙子里,仰望着闪闪发亮的星河。天空的颜色从靛蓝慢慢变深，羊群在我们身边奔跑，咩咩叫，我不耐烦地等着古班给我讲故事。猛地，他的脸挡住了我望向银河的视线。他蹲在我两腿之间，一把扯开了围在我腰间的布。随即觉得下身有一个坚硬湿润的东西戳着我。太突然了，我不知所措，可我明白这肯定是件非常非常坏的事。下身的压力越来越大，一下子变成了刺痛。

我大喊："我要妈妈！"忽然我的身上流满了一种温热的液体，夜空中弥漫着令人作呕的酸味。我惊恐地尖叫："你在我身上撒尿了！"我跳起来，用布拼命擦腿，抹去身上那恶心的液体。

古班抓住我的胳膊，轻声安慰："不用，不用，没什么。我不过想给你讲个故事。"我用力甩开他，撒腿往母亲的方向跑。古班在后面追。远远地我看到妈妈站在火边，橙色的光照耀着她的脸庞，我冲过去，一把抱住她的腿。

妈妈警觉地问："华莉丝，发生了什么事？"古班追了上来，喘着粗气，妈妈盯着他，问："我女儿怎么了？"

古班漫不经心地笑着，胳膊指向我："我不过给她讲了个故事，她就怕了。"我死死地抱着妈妈的腿，多想告诉她，父亲的朋友刚才对我干了什么；可我不知如何开口，没有语言能形容刚才的事情——我并不明白他到底干了什么。我望着火光中他的笑脸。后来，我还无数次地看过这张脸，我知道自己会恨他一辈子。

我把脸紧紧地靠在妈妈腿上，妈妈抚摸着我的头，说："华莉丝，没事了。我的宝贝，只是个故事罢了，不是真的。"然后，她问古班："羊呢？"

Chapter 3

■ 游牧生活 ■

在非洲长大，我对历史的感觉并不强烈，也不像世界上其他地方的人那样特别看重历史传承。我们的语言索马里语，直到1973年才有文字，因此我们都不会读，不会写。知识都靠口口相传，不是诗歌就是传说。当然，最要紧的生存技能都由父母传授。母亲教我如何用干草编制篓子，细密到可以装牛奶；父亲则教我如何照顾牲畜，保证它们的健康。我们很少谈论过去——没那闲工夫。一切话题永远围绕着当下：我们今天要做什么？孩子们都回家了吗？牲畜都安全吗？咱们吃什么？到哪儿去找水？

在索马里，我们依照祖先们几千年前的方式生活，谈不上有什么翻天覆地的大变化。在沙漠中游牧，没有电，没有电话，没有汽车；电脑、电视、飞机更不待言。环境本来如此，再加上活在当下的生活态度，使得我们看待时间的方式和西方世界的主流大相径庭。

我和家里其他人一样，不知道自己到底几岁，只能靠猜测。在索马里出生的婴儿大多活不过一岁，所以生辰年月无关紧要。我的孩提时代，人类创造出来的计时工具——日程安排、钟表和日历——我们统统都没有。我们按照季节轮换和太阳起落，安排生活;根据对雨水的需要,计划迁徙;根据白昼的长短,处理活计。判断时间早晚,全靠看太阳。如果我的影子在西边,那么现在就是早晨;如果影子正好在我脚下,那就是中午;等影子挪到了另一边,就是下午了。白昼向前推移,我的影子也越拉越长——时候到了,该领着牧群回家了。

早晨起床后,我们才决定今天要做什么,然后努力把决定好的活做完,或是一直忙到天黑看不见为止。我们可不像现代西方人,早上还没起呢,一天的所有时间都排满了。在纽约,人们一天到晚挥舞着自己的日程表,问着:“14 号你中午有空和我吃午饭吗? 15 号呢?”我总是这样回答:“要不你想见面的时候,提前一天给我打电话?”虽然我自己也无数次地用笔记下约会时间,可我始终不习惯这种按部就班,把生活规定死的做法。刚到伦敦时,看到人们不时抬起手臂,注视手腕然后大叫:“哎哟,我得赶快了!”我总是大惑不解。仿佛每个人都在奔忙,每个动作都精准定下了时刻。在非洲,没有什么事非赶紧不可,没有被催被赶的压力。时间过得很慢很慢,从容平静。如果有人对你说“咱们明天中午见”,那就意味着下午四五点。直到今天,我仍然不愿意戴手表。

索马里的童年时代里,我未曾畅想未来,也未曾思索过去。我从没问过母亲的往事。我对家族的历史本来就所知甚少,又那么小就离家出走。现在的我多么希望能回到童年,问问妈妈,她如何长大成人;问问外婆的故事,问问外公如何去世。这些事情我都不知道,多么遗憾啊!

不过,关于母亲,有一点毫无疑问——她非常美丽。当然女儿都说妈妈美，可是我母亲的确明艳动人。她的脸庞如同莫迪利亚尼①的雕塑般大方端庄，肌肤黝黑光滑，质地有如墨色大理石；而她的牙齿白得发亮，夜晚她莞尔一笑时，你只能看到她的牙齿，仿佛它们悬浮在空中。她的头发又黑又长，如丝般柔软——因为家里没有梳子，母亲总是用手抚平头发。母亲身材颀长，她所有的女儿都继承了这一点。

母亲举手投足从容平静，可说起话来却非常幽默。她很爱笑，也很喜欢讲笑话。有些笑话非常滑稽，有些则相当露骨，还有些傻话专门逗我们乐。比如说，她会盯着我看，然后故作惊讶地问："华莉丝，你的眼睛怎么被脸给吸进去了？"母亲最喜欢打趣我，叫我"Avdohol"，意思是"小嘴巴"。她有时会莫名其妙突然盯着我，问："Avdohol，你的嘴怎么这么小？"

我的父亲长得很帅，他对自己的外表也得意扬扬。大概一米八的个头，身材瘦长，比妈妈体重还轻。头发是棕色的，眼睛也是淡棕色。父亲知道自己英俊，因此相当自负。他常和妈妈开玩笑，想要妈妈做什么事情的时候就说："你要不干，我就再去娶个老婆。"有时候他也说："真没劲，我得再找个女人回来。"妈妈则反唇相讥："你倒是去啊。倒要瞧瞧你能找谁。"我的父母亲非常相爱，然而，无伤大雅的笑话有一天到底变成了事实。

母亲在索马里首都摩加迪沙出生长大，而父亲只是个牧民，一直生活在沙漠里。两人初见，母亲被英俊的父亲深深吸引，觉得

① 阿梅代奥·莫迪利亚尼(Amedeo Modigliani,1884–1920)，意大利表现主义画家与雕塑家，表现主义画派的代表艺术家。

一辈子在沙漠里跟着他流浪会无比浪漫，很快便决定嫁给他。因为我的外公当时已经去世，父亲去见外婆，征求她的同意。外婆回答："不行，你们绝对不能结婚。"还对母亲说："他不过是个花花公子罢了！"外婆坚决不肯让自己美丽的女儿走进沙漠，一辈子以照顾骆驼为生，尤其不能为了父亲这个牧民！但等到母亲长到十六岁，她从家里跑了出来，还是嫁给了父亲。

婚后，他们长途跋涉到索马里的另一边，和父亲的家人一起住进了沙漠。母亲苦难的生活由此开始。母亲的家族有钱有势，她以前从没尝过游牧生活的艰辛。然而这还远远不是她必须面对的最大困难。

索马里人和美洲原住民一样，分成许多部落，每个人都很忠于自己的部落，都极端排外。这种部落自豪感在索马里历史上造成了一次又一次的战争。父亲是达鲁德族人，母亲则是哈维耶族人。这两个部落之间一直弥漫着浓重的敌意。因为母亲出身于哈维耶，父亲的族人觉得她低人一等，对她的态度非常恶劣。漫长的岁月里，母亲一直觉得孤立无援，可除了尽力适应之外别无他法。我在自己离家出走后，才体会到，母亲一生都活在达鲁德族人当中，该多么艰难，多么孤独。

不久，母亲开始生孩子，一个接一个。抚养孩子长大让她的生活重新充满爱，弥补了远离自己族人带来的寂寞隔绝。而今天，长大成人的我回顾过去，才意识到生养十二个孩子的母亲吃过多少苦。我还记得，怀孕的母亲有时会突然消失，数日不见。几天后回到家时，手里抱着一个新生的婴儿。她独自走入沙漠，只带着一件什么锋利的东西用来割断脐带，一个人就把孩子生下来。

有一次，她走后，我们不得不带着牧群迁走，上路找水。母亲回到原地时没看到我们，只能抱着小宝宝，在沙漠中跋涉了整整四天，才找到丈夫和孩子。

在她所有的小孩里面，我总觉得她最疼爱我。我和妈妈之间，有一条互相理解的深深纽带。我每天都想着她，祈祷在我能照顾她之前，神明会保她平安。我小时候老想跟她在一起。每天出门后，都巴望快快回家，回到妈妈身边，让她抚摸我的脑袋瓜。

母亲很会编草篮子。这门手艺得练好多年。花了很长时间，她才教会我如何给自己编一个喝牛奶的杯子。可我编大物件总不如她。我做的篮子不好看，还满是漏洞。

每个月总有那么一天，母亲会离开家，独自出门整个下午。一天，我问她："妈妈，你到底去干什么？告诉我吧。"母亲不肯说，要我别管——在非洲，孩子不能插嘴大人的事情。母亲出门前，照例命令我留在家里，嘱咐我看管弟弟妹妹。但我太依恋她，也太好奇，便偷偷跟在后头，蹑手蹑脚躲在灌木丛后面，不让她发现。原来母亲是去和五个朋友见面，她们都走了很长的路才到。这是中午时分，日头毒辣，牲畜和人都在休息，所以女人们才有时间出门，享受一点空闲。母亲和她的朋友们一同坐在一棵大树下，喝着茶，吃着爆米花。她们黑色的脑袋偎依在一起，远远望去好似一群蚂蚁。她们聊的什么，我离得太远听不到。我偷看了一会，眼馋她们吃的东西，便缩手缩脚走上前去，站到妈妈身边。

妈妈喝道："你怎么来了？"

"我一直跟在你后头。"

她责备道："你这个坏丫头，不听话。"

其他女人都笑了，安抚道："多可爱的小丫头，来，到这儿来……"妈妈也没有再训我，还给我爆米花吃。

那时年幼的我对世界一无所知。没去过其他国家，没读过书，没看过电视和电影，除了每天环顾四周看到的景象之外，我不能想象还能有另一种生活，没有羊和骆驼的生活。我那时并不知道母亲曾经过得和现在截然不同。索马里在1960年独立之前，南部是意大利殖民地。因此，首都摩加迪沙的文化、建筑和社会生活都被意大利渗透，母亲也会讲意大利语。她有时候生起气来，会一连串地用意大利语骂人。我奇怪地问："妈妈，你说什么啊？"

"喔，是意大利语。"

"意大利语是什么？"

她不耐烦地一挥手，说："什么也不是——没你的事。"

随着我慢慢长大，见到的东西越来越多，见识了汽车和房屋，才知道原来在我们家的小棚屋之外还有一番广阔天地——意大利语就是这个天地的一部分。我们这些小孩屡屡追问妈妈，为什么她会嫁给父亲。"你怎么会嫁给他？瞧瞧你的生活！你几个兄弟姐妹都是大使，全世界到处跑，过得多好，你呢？什么都没有！你怎么会跑出家门，挑了这个一无是处的男人？"母亲总是回答，她一眼就爱上了父亲，抛开一切都是为了和他在一起。母亲一辈子不知经受了多少苦难，但她坚忍不屈，从不怨天尤人。我从没听过她说："受够了！""不管了！"她总是默默地咬紧牙关，坚强如磐石。偶尔她又没头没脑地跟我们逗乐，让我们捧腹大笑。我由衷希望自己有一天能变得和她一样坚强，那时我才能说，自己这一辈子有所成就。

索马里百分之六十以上的人口都从事牧业，靠养牲畜维持生计，我家也不例外。不时，父亲会牵一头牲畜到镇上卖掉，换一袋米、做衣服的布料，或者毯子。偶尔，他也会把我们要卖的货物交给要进城的人，列一张清单，请那人把单子上的东西带回来。

我们也采集乳香赚钱。《圣经》中，耶稣基督降世后，东方三圣觐见时送的礼物便有乳香。自古以来，乳香一直是珍贵的货品，来自索马里东北部高原上的乳香树。这种树小巧可爱，才一米五左右，树枝弯曲四散，像一把撑开的伞。我手持斧头，轻轻敲击树干，割开树皮——力度不能太大，否则会把树砍死——从砍开的口子里就会流出乳白色的液体。一天之后，液体便干结成胶状，嚼起来苦苦的。我们把这些胶块从树上取下，收集到篮子里，然后父亲就可以拿去卖了。我们偶尔会在篝火上燃起乳香，让那浓郁的香气在黑夜中四溢开来。今天，只要闻到乳香的芬芳，我便感觉自己又回到了索马里沙漠的那些夜晚。曼哈顿的商店里时有挂着乳香牌子的香料出售，怀乡之情太过深重时，我也会买上一些。然而那些香料味道寡淡，远远无法和我记忆之中的相比。

我们家人丁兴旺，这在索马里也很常见。在这里，每个妇女一辈子平均要生七个孩子。人们普遍认为孩子是自己老年生活的保障。索马里人都极端尊重父母和祖父母，绝对不敢质疑长辈的权威。你必须尊敬并服从所有比你大的人，包括哥哥姐姐。因此，我的反叛个性可谓臭名昭著。

家庭如此庞大，缺少节育工具固然是原因之一。另一方面，家庭越大，人手越多，生活才可稍稍轻松。光是找水这一项活计，已繁重得令人喘不过气。找到一点可用的水已是艰难，充足的水源更不用提。每当驻扎地点附近的水日见干涸，父亲便得上路找水。他给骆驼绑上几个母亲用干草编成的大袋子，一去就是几天。他找到水后，灌满袋子，再回头寻找我们。我们尽量在原地等他回来，可随着水的减少，每天饮牲畜的路越来越远，有时不得不搬迁。虽没有道路、街道牌，也没有地图，父亲却总能找到我们。父亲不在家时，比如去镇上买食物，找水这件大事就得由家里的一个孩子来干，因为母亲必须留在家里打点一切。

我也曾数次出门搜寻水源。不管要走多少天，走多远的路，不找到水绝不回头——空手回家毫无意义。每个人都懂得不能空手回去，因为那样全家人就会彻底绝望。达到目的之前，无论如何都得继续前进。“我没办法”——这种借口不可接受。妈妈命我去找水，那我就非找到不可。离开非洲之后，每次看到别人抱怨头疼干不了活，我在惊讶之余，好想对他们说：“我让你好好见识见识什么叫辛苦吧，以后你就再也不会抱怨自己工作苦了。”

为了减轻每个人肩上的重担，家里就得多几个女人和小孩。所以，在非洲，一个男人娶几个妻子很常见。我父母这一对与众不同，多年来家里一直没有外人。然而，母亲生了十二个孩子之后，对父亲说：“我太老了……要不然你再娶一个？让我歇歇吧。

别来烦我了。”我不知道她当时说这话是不是当真的——她大概认为父亲绝对不会这样对她。

然而，有一天，父亲不见了。我们都以为他出门找水和食物去了。母亲一如既往，独自在家料理家务。可父亲这一走就是两个月。我们正纳闷他是不是死了，他不吭一声地回到了家。当时天色已黑，所有的小孩都坐在棚子前面，父亲欣欣然走过来，问：“你们妈妈到哪儿去了？”母亲和牧群还在外头，我们答道。父亲从身后拉过一个小女孩，咧着嘴笑道：“嘿嘿，大家来见见我的妻子吧。”她大概十七岁，比我大不了多少。我们一声不吭地站着，盯着她；孩子没有发言权，而且，我们也真不知道说什么好。

母亲终于回来了。这一刻令人窒息。我们紧张地看着她，不知会发生什么事。母亲对父亲怒目相向，压根儿没看到另一个女人。母亲说：“嗬！你到底还是回来了，啊?!”

父亲晃了下身子，转开视线：“是，是。来认识一下我老婆。”他揽过他的新女人。我永远不会忘记那一刻母亲的脸——火光中，她又惊又怒，面孔几近扭曲。须臾，她清醒过来：“见鬼！这个小丫头抢走了我丈夫！”尽管努力克制，她仍嫉妒得快发狂了。

我们不知道父亲的新老婆从哪里来，事实上，我们对她一无所知。可她立即肆无忌惮地命令起我们这些孩子给她跑腿。不久，这个十七岁的姑娘居然开始对母亲颐指气使，吩咐母亲为她干这干那，给她找东西，做饭给她吃。我们和她之间的气氛越来越紧张，直到有一天，她犯了个天大的错——扇了我弟弟“老头”一巴掌。

那天，我们这些孩子正环坐在我们的“领地”上（每次搬家，我们都会在小屋附近找一棵树，就算是我们的地盘）。突然，我听到“老头”弟弟放声大哭。我站起身，看到小小的弟弟朝我走来。我赶忙上前，弯下腰给他抹泪，问他：“怎么了？出了什么事？”

“她打我嘴巴，打得很痛！”不用问，我明白“她”是谁——我们家没人动过“老头”一指头——母亲没打过他，哥哥姐姐没打过他，就连经常对其他孩子动粗的父亲也没对他动过手。弟弟是孩子里最聪明的，从没做过错事，家人没有任何打他的道理。现在爸爸这个新老婆居然动手打他！我的忍耐已到极限，立刻气急败坏去找这个蠢女人算账。

“干吗打我弟弟?!”我对她吼道。

“他把我的骆驼奶喝了。”她理直气壮地回答，仿佛是家里的女王，所有牲畜的奶都归她喝似的。

“你的奶？我把奶放在屋里，他渴了要喝，就该给他喝。你不该打他！”

她扬手把我推开，大声说：“闭嘴！给我滚一边去！”我恨恨地瞪着她，摇了摇头；虽然我不过十三岁，但我清楚，她这次引火上身了。

兄弟姐妹都在外头，张着耳朵听我和那个女人吵架。我朝他们走过去，指指他们满是疑问的脸，说：“明天。”大家全都点头。

第二天，父亲宣布要出门几天。时机正好。午休时分，我领着牲畜回到家，找到姐姐和两个弟弟，对他们说：“那新来的女人太嚣张了，咱们不能再忍，非得给她点苦头尝尝。”

“我同意,但我们怎么干?”弟弟阿里应道。

“我有办法,你们只管跟着我,帮帮忙就行了。”我拿出一根平时搬家时用来绑行李的粗绳子。我们几个找到父亲的小老婆,强迫她跟我们一起走。等走到了看不见家里棚屋的灌木林中,我们逼她把所有的衣服脱掉。然后,我把绳子的一头掷过树枝,另一头绑到小老婆的脚踝上。我们几个孩子合力拉绳子,把小老婆吊到了半空中——她又是骂,又是叫,又是哭,我们才不理睬,把绳子拽来拽去,把她的头悬在离地两米多的空中,这样就不会有猛兽把她给吃了。我们把绳子绑好在树上,一溜烟跑回家。小老婆就这样头朝下地吊在树上,在大漠中又是挣扎,又是叫喊。

第二天下午,父亲回到家里——比原定计划早了一天。他问我们他的小老婆哪里去了。我们一伙只耸耸肩,都装作不知道。她吊着的那棵树离家很远,叫声也传不过来。父亲对我们半信半疑。天黑了,他见小老婆还没影子,明白肯定出了事,而且是大事,便不停地盘问我们:“你们最后一次见到她是什么时候?今天看到她没有?昨天看到她没有?”我们只回答,她昨天晚上没回家——这当然是真的。

父亲焦急万分,拼命到处找。等他终于找到,已经是第三天的早上了,也就是说,他的小老婆光着身子吊在树上差不多整整两天,形状悲惨。父亲回家时暴跳如雷,怒吼着:“到底是谁干的?!”我们这些孩子都不说话,你看看我,我看看你。当然,小老婆立马告状:“华莉丝是主谋!华莉丝先动手!”父亲抓住我扬手就打,可是所有的孩子都扑到了他身上,跟他厮扯成一团。跟自己的父亲动手当然不对,可我们实在忍无可忍。

从那天开始，爸爸的小老婆像变了个人。孩子们齐心合力给她上了堂课，她学乖了。我猜，那整整两天她头脑大充血，心智肯定清醒了不少，变得又勤快又有礼。从那时候起，她对我母亲谦卑得像个奴隶，处处赔小心，侍候母亲："要不要我帮你拿什么东西？帮你做什么事情？——不不，我来就行了。你坐着歇会儿。"

我在心里暗暗嘀咕："这才像话。你这个贱人一开始就这么懂事的话，大家本可以和平相处，省了多少麻烦。"然而，游牧生活确实艰辛，尽管小老婆年轻二十岁，她的身体却远不如母亲。日子一长，母亲明白，对这个小老婆没什么可担心的。

牧人的艰难自不待言，但我们活在壮美的大自然中，与自然同呼吸，共起居。我的名字华莉丝是妈妈起的，意思是沙漠之花。它可谓自然的奇迹——这种花儿长在人迹罕至贫瘠荒芜的沙漠里。索马里有时整年不下雨，可雨水一旦降临灰蒙蒙的大地，这花便倏地怒放出一片明亮的橙黄——所以黄色一直是我最心爱的颜色。

逢女孩出嫁时，部落里的其他女人便走进沙漠，采摘这种花。花朵要晒干，然后加些水，调成酱。这种酱涂在新娘脸上，散发着金色的光泽。女人们用指甲花的汁液给新娘的手脚上画满华丽复杂的图案，用墨勾描她的眼睛，让双眸深邃迷人。这些化妆用品都用植物和药草制成，百分之百天然。然后，女人们再为新娘披上红的、粉的、橙的、黄的五彩披肩，颜色越多越好。也许这些家庭并不富有，甚至极端贫困，然而这没什么好羞愧的。新娘的母亲、姐妹和友人会竭尽全力打扮新娘,把最好的东西都给她,尽管价值有限。新娘穿戴时无比骄傲——这是索马里人与生俱来的骄傲。到了婚礼那天,新娘便艳光四射地走出家门,迎接新郎——叫那男人自惭形秽!

婚礼庆典上,部落的人们都来送礼。不过,没有人会逼着你买这买那,也没有人会责怪你的礼物不够好。你有什么就送什么好了:给新婚夫妻织一条睡觉的毯子也好,送他们一个吃饭的碗也好;什么都没有的话,也可以在婚礼过后的庆祝上,带些吃的来。在我们的文化里没有蜜月这个习惯,婚礼结束后第二天,新婚夫妻便得开始努力劳作。为了共同的生活,两人必须齐心协力。

除开婚礼,生活中很少什么庆祝。我们没有日历上规定的节日。经过漫长的等待,雨水终于降临,倒值得大庆特庆。水滋养生命,而索马里的水源极端匮乏。每个住在沙漠中的牧人都敬仰水,深知每滴水的珍贵。直到今天,我仍然热爱水。注视着水面时,我总能感到无比喜悦。

干旱持续数月,我们越来越惶恐。人们聚起来,向神祈雨。有时祈祷应验,有时只是徒劳。有一年,所谓的雨季已经到来,而天上滴水不落。我们的牲畜已经死掉一半,活着的那些由于干渴,也虚弱不堪。母亲告诉我,所有人都要到一个地方,共同祷告。从沙漠的各个角落,人们走到一起。我们祈祷、唱歌、跳舞,尽力打起精神。

第二天早晨,乌云聚拢,大雨瓢泼而下。真正的庆祝此刻才开始。我们扯下身上的衣服，蹦进水里，尽情享受数月来的第一次沐浴。人们跳起传统的舞蹈。女人们拍着手唱歌，她们甜美的歌声回旋在沙漠的夜空下。男人们则高高跃起。每个人都从家里带来食物，像王族一般享受盛筵，赞美生命。

雨后数日之内，沙漠草原上绿草生长，金花怒放。牲畜们有食有水，我们也乐得享几日清闲。雨水聚集成湖泊，我们在里头洗澡、游泳。空气清新爽洁，鸟儿啾啾歌唱，游牧人的沙漠变成天堂。

华莉丝在非洲马里拍摄宣传照。

Chapter 1

成为女人

我最大的姐姐阿曼该接受割礼了。我跟其他的弟弟妹妹一样,非常羡慕,眼红姐姐终于可以走进成年世界的大门。阿曼已经十几岁了,比一般割礼的年龄大了许多,可这之前时机一直不合适。我们一家人在沙漠中往返流浪,屡屡错过那个行割礼仪式的吉卜赛女人。一天,父亲终于碰到她,请她到家给两个大女儿阿曼和海勒姆行割礼,可阿曼正好出门找水去了,所以那个女人只割了海勒姆。日子一天天过去,父亲开始担忧,阿曼离结婚年龄越来越近,可女孩子没经过割礼,没被"整好",就嫁不出去。自古以来,索马里一直流行这样的说法:女孩生下来,双腿间天生就有不洁不祥之物。割礼中,阴蒂、小阴唇和大部分大阴唇都要被切掉,然后再把伤口缝合起来。愈合后,原来是我们生殖器的部位只留下一道疤痕。当然,对于我们这些小女孩来说,割礼的细节谜团重重,没有人给我们解释。我们只知道这件事意义重大,等时候到了,自然会轮到自己。

正因为小女孩们只知道割礼标志着自己从小丫头蜕变成真正的女人,所以我们每个人都热切盼望着仪式快些来临。起初,女孩要长到发育期后才会行割礼,因为这意味着生育年龄已到,可以生孩子了。然而随着时间的推移，行割礼的女孩年龄越来越小。其中原因之一，是女孩子们自己迫不及待，热切地盼望她们的“大日子”快些降临——正如西方的孩子们期盼过生日、过圣诞一样。

听到老吉卜赛女人要来给阿曼行割礼，我也迫不及待想接受这个仪式。我的姐姐阿曼生得很美，我崇拜她。她想要的东西我也想要，她有的东西我也要有。仪式的头一天，我对母亲求了又求，拉着她的胳膊不放：“妈妈，妈妈，你就一次让我们两个都做了吧。妈妈求求你，明天让我们两个都做好不好！”

母亲把我搡到一边：“闭上你的嘴，小丫头！”阿曼却没有我那么起劲。我记得她嘟囔着说：“但愿我最后别跟海勒姆一样。”那时我还太小了，不知道她这话什么意思，阿曼也不肯跟我细说。

第二天一大早，母亲和她的一位女友领着阿曼去见将执行割礼的那个老妇。我自然又央求妈妈带上我，可她命令我留在家，照顾弟弟妹妹。就像上回我偷偷溜出去跟踪妈妈一样，我故技重演，远远跟在她们后面，猫着身子躲在大树或灌木丛后头。

吉卜赛老妇到了。她在我们族群里可算个大人物，既因为她技能特殊，也因为她非常有钱。割礼仪式十分昂贵，是一个家庭逃不掉的最大开支之一。但人们仍然认为划得来——不经过割礼，家里的女儿就嫁不出去。生殖器如果没被割礼残害过，女孩子就会被视为不洁的荡妇，不能出嫁，也没有男人想娶她。直至今日，有些人仍然认为这个吉卜赛女人在社会中举足轻重，我却要叫她杀人婆，因为死在她手下的小姑娘，不计其数。

我躲在树后，探头张望。看到姐姐坐在地上。母亲和她的女友抓住阿曼的肩膀，把她扳倒在地，死死按住。吉卜赛老妇开始在姐姐的两腿间动作，我清楚地看到，姐姐的脸上刷地写满了痛楚。姐姐个子高，身体好，猛地抬脚踹了老妇的胸口一脚，把她踢倒了。然后姐姐奋力挣开母亲和另一个女人的手，跳起来狂奔。我惊恐地看到，鲜血汩汩地顺着她的双腿流下，在沙地上勾勒出一道血路。姐姐跑得很快，把追她的人甩了很远。可她终于体力不支，一头倒在地上。女人们赶了上来，翻过姐姐的身子，毫不犹豫地继续进行被打断了的事情。我觉得难受恶心，看不下去，掉头往家跑。

我多希望自己不曾看到这一幕啊！我并不明白到底发生了什么，可想到自己有一天也会遭受同样的命运，便恐惧万分。我不敢开口问母亲，因为她本来就不许我跟着看。往后的好几天，阿曼被安置在外头静养，等待伤口愈合，其他孩子见不到她。两天后，我过去给她送水。跪在她身边，我小声问："到底怎么回事呀？"

"啊，实在太可怕了……"她刚开口便打住。我猜，她大概觉得不告诉我实话更好，因为我无论如何也得被行割礼，与其让我害怕，不如让我蒙在鼓里，继续做我那憧憬的迷梦。她只说："你离这一天也不远了。很快她们也会给你做的。"

从那时开始，对那条通向成年女性世界的路，我心怀恐惧。我努力忘却当时受的惊吓。时间流逝，姐姐脸上的痛楚也慢慢从记忆中淡去。终于，我说服自己——无论如何，都要像姐姐们一样成为真正的女人。

父亲的一个朋友和他全家,总是与我们一同在沙漠中迁徙。那是个脾气暴躁的老头,每次我和妹妹去缠他,他总是不耐烦,把我们像赶苍蝇似的赶开,还老嘲笑我们:“快走快走,你们这两个肮脏的丫头。割礼你们都没做过!”他说这话时,语气那么恶毒,仿佛我们没被行割礼就令人恶心,他连看都不愿看一眼。对他的侮辱我感到非常愤怒,决心一定要想个法子永远堵住他的嘴。

老头有个儿子,十几岁的年纪,叫贾马。我暗恋他,而他喜欢的是阿曼,不怎么搭理我。我渐渐觉得,之所以他更喜欢阿曼,就是因为阿曼做了割礼,比我高一等。贾马肯定和他父亲一样,不愿理会没被行割礼的脏丫头。我大约五岁时,就跑到母亲身边缠着她:“妈妈,你把那个女人找来吧。快点啊,你什么时候让我做?”我一心一意,要快点把这件神秘的事情给完成。不知道算不算运气,没过几天,那个吉卜赛老妇出现了。

一天晚上,妈妈对我说:“你爸爸碰到了那个吉卜赛老太婆。她这几天就到。”

割礼的头一天,妈妈要我别喝太多水和奶,就不会老要尿尿。我虽不明白什么意思,还是点点头照着做了。我紧张不安,可下定决心,一定不打退堂鼓。那天晚上,全家人特别照顾我,吃晚饭时我还多吃了一些。这是惯例,我每次看姐姐们割礼前都能多分些吃的,一直好眼红。睡觉前,妈妈说:“明天早上,时候到了我就会叫你。”我不清楚妈妈怎么知道那女人几时来,不过她对这些事情直觉很准。家里要来客人也好,做事情的时机也好,她的预感总是灵验。

那夜,我激动兴奋,难以入眠。不知时间怎么过的,突然母亲的脸俯到了我的头顶,叫我起床。天色尚早,正从漆黑缓缓转灰。母亲要我别出声,拉起我的手。我顺手抓起我的小毯子,睡眼惺忪地跟着她走。现在,我才明白为什么她们一定要这么早把女孩们带出门——这样,她们一刀刀割着女孩们的身体时,就没人会听到惨叫。可是那时的我稀里糊涂,只有乖乖听话。我们离家里的棚屋越来越远,走进了灌木林中。妈妈停下脚步说:"我们就在这儿等吧。"我们一起坐在冰凉的土地上。天色模糊亮起,我还看不清景物形状,过了不久,听到吉卜赛女人的拖鞋打得地面嗒嗒响。母亲呼唤着那女人的名字,问:"是你么?"

"是。到这儿来。"声音传来,而我还是没看到人影。忽然,她悄无声息地就站到了我身旁。指着一块平整的石头对我说:"坐上去。"她没跟我打招呼,也没一句安慰的话——"今天会很疼,你要勇敢"之类,什么闲话都没说。这个杀人婆绝对公事公办,干脆利索。

妈妈捡了块老树根,然后把我抱起来放到石头上。她坐在我后头,双臂抱住我,让我把头靠在她胸口,用两腿夹着我的身子。我的手臂抱着她的大腿。妈妈把一块树根放到我齿间,对我说:"咬紧了。"

这时,阿曼痛苦扭曲的表情突然涌入我的脑海,历历在目。我恐惧得无法动弹。咬着树根,我喃喃地说:"肯定很疼!"

妈妈倾过身子对我低声说:"你要是踢打起来,我一个人也抓不住。宝贝,你要乖。为了妈妈,你要勇敢起来。很快就完事了。"我低头,从两腿间看过去,吉卜赛老妇快要准备好了。她的样子和其他索马里老妇没什么不同——头上披着彩色围巾，身上穿着一条七彩棉裙。然而，她的脸上没有一丝笑意。她严厉地盯着我，眼睛里布满冰冷的杀气，随即低头在一个破毯子做的布袋里翻找。我目不转睛地望着她，因为我想知道她到底打算用什么东西来割我的肉。我以为肯定是把大大的匕首，可没想到掏出来的只是个小小的棉布包。她伸进去长长的手指，捏出来一枚破损的剃刀刀片。她仔细地检查完刀片的一面，又翻过去检查另一面。太阳快要升起了，天色亮得让我可以分辨颜色，却看不清楚细节。就这样，我仍然瞥见刀锋的破口上，沾着干了的血迹。女人往刀片上啐了一口，在她的裙子上擦拭着。这时妈妈把围巾绑在我的眼睛上，我眼前一片乌黑，看不见了。

下一刻，我感到自己的肉，自己的阴部，被一下一下切掉。我听到刀片钝钝地在我皮肤上锯一个来回，又一个来回。回想当时，我简直无法想象自己真的经受过这样的苦痛。每次回忆，我都觉得说的不是自己。我根本不可能用言语描述那种感觉。想象一个人用刀刺入你的大腿割下块肉来，或者生生切下你的手臂，那该有多疼——当刀刀割的都是你身上最最敏感的部位，那又会如何?！然而，我忍着，一动不动，记得当时阿曼也曾奋力逃跑，却无处可逃。我想要妈妈为我自豪。我坐在石头上，仿佛自己的肉身也变成了石头；告诉自己越是乱动，这痛就拖得越久。不幸的是，我的腿不受意志控制，拼命抖动，我在心中祈祷：神啊，请让它快点过去吧！祈祷应验了，我晕了过去。

等恢复意识，我以为折磨已经过去，没想到最恐怖的才刚刚开始。妈妈把蒙在我脸上的围巾取掉了，我看到刽子手老妇的身旁堆了一大把金合欢树的刺。老妇拿起树刺，在我的皮肤上戳了一个又一个洞，然后扯过一根结实的白色粗线，穿过小洞，把我下身的创口缝合起来。我的腿已经完全麻木，可两腿之间疼得我求生不得，求死不能。疼痛模糊了我的意识，我感到自己逐渐漂浮起来，飘到地面之上，把苦痛留在底下。我仿佛悬在自己的躯体之上，低头注视着惨象，杀人婆把妈妈怀中我那破残的肉身缝到一起。这一刻，我感到无比平静——不再担忧，也不再害怕。

记忆中断在此刻。再次睁开眼睛时，吉卜赛老妇已经了无踪影。有人把我从石头上抬了下来，现在我躺在紧挨着岩石的地面上。从脚踝到腰际，我的两腿被布条绑起，无法动弹。我抬起头，张望妈妈，可是她也不见了。我就这么一个人躺着，不知道还会发生什么事。我转过头望向石头。那上面浸透了血，仿佛刚刚宰过牲畜。我身上零星的肉块，我的外阴，被扔在上面，静静地被阳光晒干。

我躺在那里，看着太阳爬到头顶正上方。阳光炙烤，无遮无挡，一股股热浪打在我脸上。母亲和姐姐终于回来了。她们把我拖到树荫底下。根据习惯，她们给我搭了个小棚，往下的几周我就在棚子里休息静养，等待身体恢复。妈妈和阿曼搭好了棚子，把我抬了进去。

我本以为不会再疼了，直到尿意袭来。这时，我才明白为什么妈妈要我别喝太多水和奶。时间过去了好几个钟头，我憋不住了，可双腿捆在一起没法挪动。妈妈警告过我，绝对不能走路，不然会撕裂伤口。伤口一旦裂开，就非得再缝一次不可。相信我，那样的地狱我决不愿意再经历一次。

我喊着姐姐："我要尿尿！"她脸上的表情告诉我，这可不是好玩的。她走过来，翻过我的身子让我侧卧，然后在沙地上挖了个小洞。

"你尿吧。"

第一滴液体从我身体里流出来，咬噬着我的皮肤，仿佛酸液腐蚀。吉卜赛女人把我缝起来之后，我下身只留了一个火柴头大小的洞，供小便和经血流出。这个"绝妙高招"保证我在嫁人前绝对不可能与人交欢，保证我未来的丈夫娶到的肯定是个处女。尿液积在我血肉模糊的伤口上方，一滴，又一滴，缓缓地沿着我的腿流到沙里。我呜呜地哭了。那个刽子手女人一针针缝起我的伤口时我都没有流泪，可现在下身火烧火燎，我实在无法忍耐。

夜幕降临，母亲和阿曼回家了。我孤零零地躺在野外的棚子里。这一次，我感觉不到恐惧，不怕漆黑，也不怕狮子或毒蛇，尽管我只能无助地躺着，跑都跑不了。自从我的意识脱离肉体，飘到空中的那一刻起，自我茫然注视杀人婆缝起我的阴部那一刻起，再没有任何东西能让我害怕。躺在坚硬的沙地上，我就像一条木头，没有恐惧，疼到麻木，不在乎自己是死是活。我一个人静卧在黑暗中，家人是不是正在篝火边笑闹，我一丝一毫不在乎。

我躺在棚子里过了一天又一天，阴部感染了，我发起高烧，意识时而清醒，时而模糊。惧怕小便的疼痛，我拼命憋着。直到妈妈说："宝贝，你再不尿就会死了。"我才逼着自己尿。非尿不可的时候，如果旁边又没有人帮我，我便艰难地把身体挪动几厘米，翻个身侧卧，告诉自己咬紧牙关，忍受即刻到来的烧灼剧痛。但伤口感染得太严重，有些日子怎么努力也尿不出来。妈妈给我送了两星期的水和食物，然而绝大部分时间我孤独一人躺在地上，双腿还绑在一起，等着伤口愈合。一面发着高烧，一面烦躁茫然，我不停地琢磨：这一切到底是为了什么？那个年纪的我，对性懵懂无知。我只知道，我已被人狠狠伤害，甚至还经过了妈妈的允许。我不明白到底是为了什么。

终于有一天，妈妈来带我回家。我的腿还捆着，倚着母亲一挪一扭地走。回家的第一晚，父亲问我感觉如何。他大概问的是我觉得做女人如何，可我除了腿间的剧痛之外什么也顾不上想。我不过五岁，只虚弱地笑笑，没有回答。做个女人意味着什么，我怎么会知道？然而，尽管当时不明白，其实对做个非洲女人的含义，我体会的已经不少——我已懂得，如何以小孩子被动无助的方式，默默承受生命之痛。

一个多月，我的腿被绑在一起一个多月。母亲不时警告我绝对不可跑跳，所以我只敢拖着脚，小心翼翼地挪。我从小就是个精力特别充沛、喜欢蹦上蹦下的孩子，撒开腿像猎豹般乱跑，爬树，从石头上飞跃而过，都是我的拿手好戏，而现在只能呆坐一边，看着我的兄弟姐妹们追追打打。这固然令我烦躁，但我实在太害怕一动就会撕开伤口，所以简直寸步不敢移。妈妈每个星期都会检查我的伤口。终于，可以取下绑着我双腿的布条了。割礼之后，这是我第一次有机会观察自己的身体。我的下身一片平整，中间只留了一条像拉链般的疤痕。这条拉链彻底封闭。我的内生殖器被紧锁起来，犹如砌起了一道铜墙铁壁，没有哪个男人能在和我结婚之前侵犯我的贞操。只有在新婚之夜，我的丈夫才会拿刀割开我的下身，或强力顶入。

从那天杀人婆无情地割去了我的外阴开始，我便下了个决心。躺在地上等待康复的每一天，我都在反复思考这件事，决定一旦重新能走，马上就要去完成这项使命——找到那块渗透了血的大石头，去看看我的外阴是不是还在。等我终于能自己走回那里，发现它已经不见了。不是秃鹫就是野狗把它吃了。这些腐食动物也是非洲生命循环上的一截链条，它们用牙齿和肠胃，清理掉腐烂的尸体——这些血肉，证明我们曾在沙漠中挣扎求活。

割礼给我带来了无法言传的痛苦，但比起其他女孩，我还算走运。情况完全可能糟糕得多。我们在沙漠里迁移，时而会碰到其他人家，上次别人家的女儿还和我一起玩，这次再遇上时她们就不在了。没有人会明说她们为何消失，甚至她们的名字都不再被提起。她们都是割礼的受害者——有的死于失血过多，有的死于惊吓，有的死于感染，还有的死于破伤风。条件如此恶劣，死人毫不奇怪。居然能有人活下来才是怪事。

我曾有过另一个姐姐海勒姆。我三岁左右时，模糊地记得她曾存在过，忽然一天她就不见了。我不知道到底发生了什么。后来才听说，她"成年"的时候到了，那个吉卜赛老妇给她行了割礼，她死于失血过多。

十岁的时候，我听说了表妹的故事。表妹六岁时被行割礼，之后她的一个哥哥住到我们家来，说了这件事。礼毕，根据习惯，表妹被安置到小棚子里养伤。可她的“那东西”——他就是这么说的——开始肿大,棚子里传出令人掩鼻不及的恶臭。当时他讲的时候我并不相信:怎么会臭呢?我和阿曼都没有这样的经历。现在我知道了,他讲的是实话——割礼在肮脏恶劣的灌木丛中进行,表妹的创口感染了坏疽,所以才恶臭难当。几天后的早上,表妹的母亲去棚子里看望晚上独自一人睡在棚子里的表妹,发现她已经死去,身体冰凉,布满蓝斑。在那些腐食动物吞噬掉她的尸首之前,她的家人埋葬了她。

Chapter 5

婚嫁契约

一天早晨，说话声把我吵醒。我从垫子上爬起来，却没看到人影。我决定出去看看。寂静的清晨，说话声传得很远，我随着语声，一路走走跑跑近一公里，才看到父母亲正在向一群人挥手告别。我指着一个蒙着头巾的苗条女人的背影，问："妈妈，那是谁啊？"

"哦，那是你的朋友舒克琳。"

"她家搬走了？"

"不是。舒克琳要出嫁了。"

我惊讶地望着那些渐渐远去的身影。我那时才十三岁左右，舒克琳不比我大多少，可能十四吧？她竟然就要嫁人了？我简直不能相信。"她会嫁给谁？"没人答我，仿佛这件事和我毫无关系。我又问了一遍："她嫁给什么人？"还是没人回答。"她会不会跟着她的丈夫离开这里？"习俗从来如此，我真担心永远见不到我的朋友。

父亲不耐烦地说："你不用操这个心，下个出嫁的就是你。"父母亲转身往家走，我呆呆地站着，消化这条新闻。舒克琳要嫁人了！嫁人！这个词我听过很多次，但以前从没想过它到底是什么意思。

作为生在索马里的女孩，婚姻也好，性也好，这些从没进过我的脑袋。我家——我们整个文化——从来不明言谈论这些话题。我一刻也不曾起过这些念头。对于我来说，男孩子们就是竞争对手，我跟他们比赛谁更会照料牲畜，谁跑得更快，谁打架打得赢。“你可得小心，别跟什么人胡混。你出嫁的时候必须是处女才行。”关于性，我从来就只听过这么一句话。女孩们从小就知道结婚前必须保持处女之身，一辈子只能嫁一个男人。生活就是这样。

父亲以前老是对我的姐妹和我说：“你们都是我的宝贝。”人们都认为父亲很有运气，因为他的女儿们个个美名远扬。“你们都是我的宝贝。我决不许任何人侵犯你们。如果有人胆敢纠缠，你们一定要告诉我。我会保护你们——我会为你们死。”

父亲扮演保护神的机会不止一次。我的姐姐阿曼在外头放牧，一个男人过来纠缠她。她一次又一次地呵斥：“走开！我对你没兴趣。”可这个人就是死缠烂打。最后，他发现用甜言蜜语打动不了阿曼，便想对她施暴。这个主意可打错了。阿曼的个头足有一米八，体格强健，犹如亚马逊女战士。她把这个男人痛揍了一顿。回到家，阿曼把这事告诉父亲。父亲去找了这个可怜的傻瓜，然后又暴打了他一顿。任何人都休想侵犯父亲的女儿。

另外一次，我被妹妹福兹雅的尖叫惊醒。我们照常睡在野外，但福兹雅睡得远些，和我们隔了一段距离。我坐起来，看见一个男人的身影从我们宿营的地方跑开。父亲跳起来，追了出去，福兹雅一直尖叫。我们都起身去看她，她伸手摸自己的腿，上面糊满了白色黏稠的精液。那个变态狂逃掉了，不过妹妹睡觉的地方旁边，他的脚印清晰可见。爸爸猜到了变态狂是谁，但不很肯定。

过了些时候，因为天旱很久，父亲到附近的井里去取水。他站在潮湿的井底，有个人走过来。这人等得不耐烦了，朝爸爸大喊："你快点！该轮到我打水了！"在索马里，人们打个深洞取地下水，这就是井了，四周不砌井壁。有时，要钻到地下三十多米才有水。随着水源日益匮乏，人人都着急起来，千方百计要给自己的牲畜弄到足够的水。父亲回答那人，他尽管下来打水好了。

那人立刻就往下爬，到了井底，他忙于把背着的袋子都装满水。他走来走去时，爸爸看到了他在泥巴上留下的脚印。

爸爸一把揪住那人的肩膀，用力摇晃："就是你！是不是？你个混蛋，就是你骚扰了我女儿！"父亲挥拳打去，痛揍这个无耻的流氓。不料这个下流胚抽出一把雕刻精美的非洲杀人刀，朝父亲扎来。父亲的肋间被刺了四五下，但他奋力扭打，从那人手上夺过大刀，狠狠砍去。他们两人都受了重伤。父亲拼着命才爬出井底，回到家里。他浑身是血，虚弱无力。病了好长时间才终于恢复。我明白他平时说的都是心里话——为了我们姐妹的名誉，他真的会以命相搏。

父亲常常和女儿们开玩笑："你们都是我的宝贝，我的女王。我要把你们锁起来。我自己拿钥匙！"

我会嬉笑着回答："爸爸，钥匙在哪里？"

爸爸则大笑一通："我把钥匙给丢得远远的啦！"

我大叫着:“那我们怎么出来呢?”全家人都笑了。

“宝贝,不给你们出来。不到我说好了,你们谁都不许出来。”

这些玩笑算家里的传统了,从最大的姐姐阿曼开始,一直传到最小的妹妹那里。其实,这不是玩笑话。没有父亲的允许,任何男性都休想接触他的女儿。父亲保护我们不受侵扰只是一方面。处女在非洲的婚嫁市场价值极高——女性割礼所以如此风行,这也是条不被明言的理由。如果女儿们都是美丽的处女,父亲尽可以在谈聘礼的时候狮子大开口;但如果女儿出嫁之前被其他男人玷污过,父亲就很难找到人愿意娶她了。我那时还是个孩子,结婚也好,性也好,这些事我从来没想过。

听说我的朋友舒克琳马上要嫁人的那天开始,一切都不同了。几天后的晚上,父亲回到家,喊着我:“华莉丝,你在哪儿?”

我远远地叫了一声:“在这儿呢,爸爸。”

“过来吧。”父亲的声音出乎意料地柔和,一反往常的严厉粗暴。我马上就猜到他今天肯定在打什么主意,以为他大概要我帮什么忙——明天牲畜有什么事,或者要找水、寻食物之类的活。所以我没动窝,小心地看着父亲,琢磨他到底会要我干吗。“过来,过来,过来。”他有些不耐烦了。

我朝他走了几步,狐疑地盯着他,一声不吭。爸爸握住我的手臂,让我坐到他膝盖上。他对我说:“你很乖,是个好姑娘。”这时我明白肯定有麻烦了。“你更像个男孩,更像个儿子。”这是他对我最高的赞赏了。

“嗯……”我只这样应道，父亲这样突然大大表扬我，到底为什么？

“你就像个儿子一样，干起活来和男人一样拼命，把牲畜也照顾得很好。爸就想告诉你，爸会很挂念你。”父亲说这话时，我想他大概担心我会和姐姐阿曼一样从家里跑掉。爸爸刚打算把她嫁掉，她就逃之夭夭。父亲害怕我也会逃跑，那家里繁重的活计就全压在他和妈妈身上了。

对爸爸的温情涌上我的心头，我抱了他一下，为自己的狐疑感到羞愧：“喔，爸爸，我不会走的。”

他推开我的拥抱，望着我的脸，轻声说：“不，我的宝贝，你得走。”

“去哪儿？我哪儿也不去——我不要离开你和妈妈。”

“华莉丝，你要走。我给你找了个丈夫。”

我从他身上直蹦下来，喊着：“不！爸爸，我不要！我不要离开家，我要和你跟妈妈在一起！”

爸爸想安抚我，抓住我的胳膊，试图让我再坐下来：“嘘，嘘，不会有事的。我给你找了个很好的丈夫。”

“是谁？”我有点好奇了。

“你会见到的。”

泪水涌上我的眼眶，虽然我努力做出坚强的模样。我甩着手臂尖叫：“我不要嫁人！”

“华莉丝，这样吧……”爸爸伸长胳膊，捡了一块石头，把手放到身后，把石头来回从左手倒换到右手，然后握着拳伸到我面前：“你猜石头在我哪只手里。你要是猜对了，就得乖乖听我的话，这辈子都会有好运气。要是猜错了，这辈子都不会有好日子过，因为我会把你赶出家门，永远不许你回来。”

我目不转睛地看着他，思索着如果选错了会怎样。我会死吗？我碰了碰他的左手。他张开手掌，里面空空如也。我伤心地小声说：“看来我不会听你的话了。”

“我们可以再猜一次。”

“不，”我慢慢地摇了摇头，“不，爸爸。我不要嫁人。”

父亲大声说：“他是个好人！你得相信我。我晓得他是个好人！你必须听我的话！”

我垂着肩，失落地呆站着，又难受又害怕，一个劲摇头。

父亲一扬手，把右手里藏着的石头掷出老远，吼着：“那你就倒一辈子霉吧！”

“倒霉也是我自己的事。”我顶了他一句。父亲狠狠地扇了我一个耳光，因为他绝对不容许家里任何人顶他的嘴。如今回想起来，他之所以急着把我嫁掉，不仅出于女孩得早早结婚的传统，还因为我越来越反叛。我变得像个野小子，桀骜不驯，无所畏惧，而且这名声已经传开。爸爸必须趁我还有价值，赶快给我找个丈夫。因为，没哪个非洲男人愿意娶个不听使唤的老婆。

第二天早上，我一如既往地领着牲畜出门吃草。我边照看它们，边考虑结婚的事，左思右想，不知如何才能说服父亲，容我留在家。其实，我心里清楚，他绝对不会答应。谁会成为我丈夫呢？我长到这么大，唯一动心的男孩就是父亲朋友的儿子贾马。我们两家经常一起迁徙,所以我见过贾马很多次。他比我大不少,我觉得他很帅,而且他还没娶妻。不过,我喜欢他的最大原因多半是因为他一心扑在阿曼身上,不大睬我。那时我只是个小小妞,阿曼却已富于女人魅力。当我向阿曼透露贾马对她的爱慕之意时,阿曼不耐烦地挥挥手:“去去!”她对贾马毫无兴趣。游牧生活阿曼已经过够了,才不愿意再嫁个和父亲一样的牧人。阿曼常说起要进城,要嫁个有钱人。当父亲准备把她嫁给另一个相识的牧人时,她逃跑了,去追逐她大城市的梦想,从此再没有主动和家人联系。

我一整天都在尝试说服自己,嫁人也许不坏。我想象着和贾马共同生活,就像父亲和母亲一样。太阳快下山了,我牵着牲畜往回走。我的妹妹跑出来迎接我,说:“爸爸带了个人回来。他们在等你。”大人们突然都关注起我来,妹妹觉得挺奇怪,以为可能有什么好事我不分给她。可我听了这话,不禁打个寒战,明白父亲并没放弃要把我嫁出去的念头——我抗议也好,恳求也罢,根本无济于事。

“他们在哪儿?”我问。

妹妹指着一个方向。我转过身,朝反方向走去。

“华莉丝,他们在等你哪!”她大叫。

“你给我闭嘴! 走开!”我不理她,把羊群领进羊圈,开始挤奶。挤到一半,我听到父亲唤我。“来了,爸爸,我就来。”虽然百般不情愿,可我知道再抗拒也没有用。我心里好歹还存着一丝希望,也许父亲旁边的人是英俊的贾马呢。我闭着眼睛,跌跌撞撞往前走,在心里祈祷:“一定要是贾马啊……”要是非得离开家去和一个陌生男人生活在一起,我唯一能接受的人就是贾马。

我睁开眼睛,仰望晚霞如血,太阳慢慢融入了地平线。我瞥见面前两个男人的身影。父亲说:“你可来了。宝贝儿,过来,这位是……”我压根没听见父亲说了什么,只是定定地望着那个坐在地上的男人。他手里拄着拐杖,一下巴白色的长胡子,起码六十岁了。

“华莉丝!”我终于反应过来父亲在和我说话,“来跟加鲁尔先生打个招呼。”

“你好。”我冷冰冰地说。不得不对这个人表示尊敬,可决不想让他觉得我亲热。这个老笨蛋坐在那里,身子都压在拐杖上,朝我傻笑,但没回答。他大概根本不知道该对我说什么——他那未来的小妻子瞪着他,又怒又怕。我不想让他察觉我的心思,便低下头。

爸爸对我说:“华莉丝,别害羞。”我抬头看了他一眼。父亲看到我的表情,马上明白最好赶紧让我走开,不然,我未来的丈夫肯定不敢娶我了。“好,你回家干活去吧。”父亲转过脸对加鲁尔先生解释道:“她是个害羞安静的丫头。”我头也不回,撒腿就往家里跑。

整个晚上,我脑子里满当当的——嫁给加鲁尔先生后,生活会是什么样?我从没离开过爸爸妈妈,现在却得想象如何跟个陌生人一起过日子。真是心烦意乱。幸好当时的我,还不曾想到要和这么个恶心的老头同房这一层。十三岁,懵懵懂懂,对婚姻的这层含义一无所知。我郁闷得要死,为了转移自己的注意力,把弟弟揍了一顿。

早上父亲问我:“昨晚那个人是谁,你知道了吧?”

“猜也猜到了。”

“他就是你未来的丈夫。”

“可是爸爸,他那么老了!”我仍然不愿相信,父亲会觉得我这么一文不值,居然要把我嫁给一个那样的糟老头。

“我的宝贝,老才好呢!他不会出门,不会在外头鬼混,娶别的女人,不会抛弃你——会好好照顾你。而且,”他自豪地笑了,“你猜他准备给我多少聘礼?”

“多少?”

“足足五头骆驼!”爸爸得意地拍拍我的手臂,“我真为你得意!”

我移开视线,不看父亲。朝阳金色的光线让沙漠的风景生动起来。我闭上眼睛,感觉它的温暖。昨夜我翻来覆去,思绪万千。躺在家人中间,我仰望星斗流转,暗暗下了决心。我知道,就算自己这次抗争得胜,不用嫁给那老头,下次父亲还是会给我另找一个。父亲决心已定,非把我嫁出去换骆驼不可。我点点头,说:“爸爸,我该把羊群带出去了。”父亲满意地看着我,我几乎可以读出他的心思:“嚯!这可比我想的容易多了。”

那天我坐在地上看羊儿们吃草嬉戏,心里明镜一般——这是我最后一次照看父亲的牧群了。真嫁给那个老头的话,就得和他一起,住到沙漠里某个渺无人烟的地方。所有的活计都得我一个人操持,那老头整天除了拄个拐棍走走之外,什么也干不了。说不定,他哪天突发心肌梗塞就死了,那我就得独撑门户;说不定,还得独自拉扯大四五个孩子——索马里的寡妇不能再嫁。我想着这些，坚定了决心——绝不能这样活！晚上回到家，妈妈问我为什么不高兴。我厉声反问："你难道没见过那个人？"

妈妈没问我说的是谁，回答："见过，前几天见过。"

怕被父亲听到，我凄惶地小声说："妈妈，我不想嫁给他！"

妈妈耸耸肩："宝贝，这事我管不了。我能怎么办？你爸已经决定了。"我心里清楚，可能明后天我那老头丈夫就会牵着他的五头骆驼来接我走。我得在事情不可挽回之前，执行逃跑计划。

晚上所有人都去睡觉了，我等着，侧耳捕捉父亲熟悉的鼾声。然后爬起来去找妈妈，她还一个人坐在火旁。我轻声说："妈妈，我不愿嫁给那个人。我要走了。"

"嘘嘘，你小点儿声！去哪儿？你打算往哪儿跑啊，孩子？"

"到摩加迪沙去找姨妈。"

"你知道她在哪儿吗？我可不知道。"

"别担心，我肯定会找到她的。"

"可现在天都黑了。"妈妈想找个借口说服我，仿佛天一黑，命运的轮子就不会转动了似的。

"不，我现在不走。我打算明儿一早走。"我低语道，"天亮之前叫我起来。"我没有闹钟可上，所以非得妈妈帮我才行。在开始漫长的旅途前，我得好好睡一觉，可又必须在父亲醒来之前跑得越远越好。

"不，不行。太危险了。"妈妈直摇头。

"妈，求求你！我不能嫁给那个人，我不愿做他老婆！求求你了！我以后会回来找你的！我以后肯定会回来的！"

"去睡觉。"她的表情十分严肃，我知道无话可说了。我走回睡觉的地方，妈妈则一脸疲倦，独自坐在火边，注视跃动的火焰。我推开兄弟姐妹们横七竖八的胳膊腿脚，挤到他们中间，好借着体温取暖。

睡着睡着，我感到妈妈轻拍我的胳膊。她跪在我身边，说："现在就走。"我猛地清醒。我知道自己必须走，可又情不自禁，羞愧难当。我小心翼翼地站起来，望向父亲，他一如既往睡在稍远处，保卫着家人，鼾声正香。

夜晚的清冽让我浑身打颤，我和妈妈并肩走开。"妈妈，谢谢你叫我起来。"天色朦胧，我睁大眼睛，想再看看清楚她的脸庞，把她的面容再次深深地刻在心上——在未来很长的岁月里，我不会再见到她了。本想努力装作坚强，可泪水淹没了我的眼睛。我紧紧地抱着她。

"快走。不然你爸就醒了。"妈妈轻声在我耳畔说。我感到她的胳膊一紧。"你不会有事的——别担心我。你自己一定要小心。小心啊！"她放开了我。"还有，华莉丝……还有件事。你别把妈妈给忘了。"

"不会的，妈妈……"我快快转过身，朝黑暗的前方跑去。

Chapter 6

漫漫长路

我们只开了几公里,那个衣着优雅的男人便把他的奔驰车停到路边,对我说:“我只能把你带到这儿。你下去吧,这里应该可以拦到车。”

“喔……”我失望地叹了一口气。自打从父亲那里逃跑后,我又是赤脚穿越沙漠,又是几天没有饭吃,还被牧人抽了几鞭子,还遭到卡车司机袭击——这辆停下来载了我一程的奔驰车算是我遇到的唯一救星。

那人从敞开的车窗里向我挥手,笑着喊道:“祝你一路顺风!”一口白牙熠熠发光。我站在灰尘扑扑的路旁,顶着烈日,闷闷不乐,向他挥了挥手。热浪滚滚中,车子一溜烟消失在远方。我挪动双脚继续步行——真的到得了摩加迪沙么?

那天我还搭到了几次便车,不过距离都不长。其他时候只有走路。太阳快下山了,一辆大卡车减速,停到路边。看到红色的刹车灯,我一下子想起上次搭卡车搭出来的噩梦,怕得不敢向前走。正站在那儿左右为难,驾驶舱里卡车司机转过身来望着我。我要是不赶紧,他就要开走了。我快步走上前去。这是一辆大型挂斗车。司机从里头打开车门,我好容易才爬上去。“你要去哪儿?”他问,“我只到加尔卡约。”

听到加尔卡约,我灵机一动。之前并不知道自己已经离加尔卡约不远了。我那有钱的叔叔阿迈德就住在那里。我想,与其在索马里到处乱晃,寻找摩加迪沙,还不如到叔叔那儿去。上次和叔叔吵了一架之后,他一直没给我把鞋子送来,我觉得他还欠我的呢。在我的脑海里,已经出现了这样的情景:叔叔一家人给我摆了一桌好饭菜,我晚上可以睡在他漂亮的大房子里,不用露宿在树下。这幅想象中的景象让我欢欣鼓舞,我拿定主意:“就去那儿了!我去的就是加尔卡约。”挂车后面的货箱里装的都是食物——一大堆黄澄澄的玉米、一袋又一袋的大米和糖。看到这些,我才觉得自己真的饿坏了。

卡车司机大概四十岁,油嘴滑舌。他左一次右一次跟我搭讪。我努力维持着表面的礼貌,可心里觉得又恶心又害怕。我可不想给他错觉,让他以为我愿意和他鬼混。不知道地址,我只能向窗外使劲张望,找叔叔的房子。这时司机的一句话让我一激灵:“你是从家里跑出来的吧?”

我惊奇地问:“这话怎么说?”

“我看得出来——肯定是。我要去报警。”

“什么!不!求你不要!我等会就下去了。你把我放在……放在加尔卡约就行。我要去看我叔叔。他在等我。”一看他的脸就知道他并不相信,不过他还是一直往前开。我的脑筋飞快转主意——我该告诉司机在哪儿停呢?我刚跟他说叔叔在等我,不能接着就承认自己根本不知往哪里走。我们进入了城市的地界,楼房林立,街上人和车熙熙攘攘。这里比我去过的那个镇子大多了。我突然意识到,要在这个陌生的城里找到叔叔简直不可能!

从卡车高高的驾驶舱,我俯看喧闹的加尔卡约,紧张不安。这里如此拥挤,如此混乱,我既不愿下车,又怕司机真会把我交给警察。卡车停到了露天市场旁边,望着那一堆又一堆的食物,我决定下车。“嘿,朋友,我就在这儿下了。我叔叔住在那边。”我随手指向一条侧街,推开门就跳了下去,司机没来得及拦住我。“谢谢你让我搭车。”我砰地一声把车门关上。

我在市场中穿行,眼睛睁得老大。长到这么大,从没有见过这么多吃的!到现在我还记得那一刻的震撼:一堆堆的西红柿、堆成小山高的玉米、一架架的面条。还有那耀眼的鲜艳颜色!香蕉明黄,蜜瓜有的碧绿,有的金黄,西红柿红彤彤,排成海洋。这些蔬菜我都不认识,不由得在西红柿摊子前停下脚步。自打那一刻起,我便深深地爱上了鲜嫩多汁的成熟番茄,怎么吃也吃不厌。两脚像扎了根似的,我盯着它们,舍不得挪开眼睛。市场里的路人们都奇怪地看着我。摊主走过来,皱起眉头——是位非洲“大妈”。(在非洲,“大妈”是对妇女的尊称。表示你已经是个成熟的女人。要配得上这个称号,非得有孩子才行。)她从头到脚衣着艳丽。“你要买什么?”她用命令的口气问。我指着西红柿说:“请问可以给我一个吗?”

“你有钱吗?”

“没有……我很饿……”

“滚!快滚!”她喊道,挥手把我从她的菜摊前赶开。

我走到另一个小摊前,再一次开口讨东西吃。这次的老板说:“我可不想要饭的都跑到这儿来讨东西。我还要做生意。走,走开!”

我把我的故事讲给她听,跟她说我得找到阿迈德叔叔,问她知不知道他住在哪里。叔叔既然那么有钱,加尔卡约肯定人人认识。女老板嘘了一声说:“嘿,别说了。这儿可不是乡下,不能在这儿大呼小叫的。嘘嘘。你得小心点,小点声说话。小点声!别当着这么多人,大呼小叫你家人的名字。”我惊奇地看着她,想:天哪,这个女人说的是什么意思?我到底怎么跟这些人讲话啊?

摊子的不远处,一个男人倚墙站着。他朝我喊了一声:“姑娘,你过来。”我满怀期待地向他走去,把我的困难讲给他听。这个人大概三十岁,样子很普通,没什么特别之处,不过看来挺友善。他和气地说:“你安静点吧。我可以帮你,不过你得小心。你不能像刚才那样大喊大叫自己族人的名字。你家是哪里的?”我把对自己家族和阿迈德叔叔的了解一股脑儿全跟他说了。他回答:“嗯,我想我知道他住在哪儿。我们一起去找他吧。我带你走。”

“哦,拜托,拜托。你真能带我去?”

“是啊,来吧。别担心,我们会找到的。”我们走出繁忙的市场,朝一条阴凉的小巷走去。那人在一幢房子前面停下脚步,问:“你饿不饿?”当然,长眼睛的人都能看出我早已饿慌了。

“饿。”

“这是我家。你要不进来吃点东西,然后我们再去找你叔叔?”我感激不尽,连忙说好。

走进房子,我被屋里的一股怪味熏得退了一步。这股臭味我从来没闻过。那人领着我坐下,给我端来了食物。我刚把最后一口吃完,他就对我说:“你到里头来躺一下,和我一起睡个午觉怎么样？”

“午觉？“

“对啊，休息一下。”

“不，不要。求你了，我要去找叔叔。”

“知道，知道。不过咱们还是先睡一下。现在是午休时间。别担心，起来我们就去找你叔叔。”

“不。你自己睡吧——我在这里等你。没关系。”虽说眼下确实是午休时分，可我绝不愿和这个陌生男人一起睡午觉。这事不对头，很不对头。然而我这个无知的小女孩，不知如何应对。

“小姑娘，”男人的口气中带着怒气，“你想要我帮你找到你叔叔，你就得过来躺下睡会儿才行。”我知道没有这人帮我，我怎么也找不到叔叔。他越来越咄咄逼人，我害怕，不知所措，结果选了最不该选的办法——让步。自然，我和他刚一躺到床上，他就睡意全无。这个浑球马上就想把我压到身子底下。我扭开身体，他打了我的头一下。我暗想：什么也别说。趁他稍一不留神，我便从他身边挣脱，飞跑出去。我听到他在后头喊：“嘿！小丫头！你回来呀……”然后干笑一声。

我一路飞奔，冲出这条黑暗的陋巷，跑回喧闹的市集。人多的地方让我感觉安全些。我号啕大哭。一位六十来岁的老大妈走上前来，问：“孩子，你怎么了？”她拉住我的手臂，让我坐下。“来，来，跟我说说，怎么了。”刚刚发生的事情，我实在说不出口。我太傻了，居然会跟着那人进他家！我一面抽泣，一面跟大妈说我要找叔叔，可是不知他住在哪儿。

“你叔叔是谁？叫什么？”

“阿迈德·迪里。”

这位老大娘伸出瘦长干瘪的手，指着街对角一座天蓝色的房子。“就在那儿，你看到没有？那就是你要找的地方。”房子就在那儿，叔叔家就在那儿，就在我起先站在街头，求那个流氓帮我的地方对面！后来我细细一想，恍然大悟，在我恳求那杂种的时候，他对我是谁，我叔叔是谁，知道得一清二楚。大娘问我要不要她带我过去。我不敢再随便信任别人了，仔仔细细看了她好几眼——这真的是一位好心肠的大妈。

我轻声说：“好。”

我们走过街角。我敲敲蓝房子的门。我婶婶打开门，惊讶地看着我：“你怎么来了？”大妈转身走了。

“婶婶，我来了！”我傻傻地回答。

“天啊！你来干什么？你从家里跑出来的，是不是？!”

“呃……”

“我要把你送回去。”她斩钉截铁地说。

阿迈德叔叔见到我，也诧异非常。他特别惊讶我居然找到了他家。我草草把旅途说了一遍。用石头把卡车司机砸个半死，险些被叔叔的邻居强暴，这些我当然略过不提。尽管叔叔赞赏我横穿沙漠找到他家的本事，让我留下来的意思他可一点没有。叔叔担心我这一走，家里就没有人替他照看牲畜了——这些年都是我尽心尽力为他干活，他却只回报我一双橡胶拖鞋。大孩子们现在都离开了，我们家的小孩就剩我年纪最长。我个性也坚强——比弟弟妹妹们更可靠。叔叔对我说:“不行,你必须回家去。你走了,谁来帮你爸你妈干活?你到我们这来又能干吗?坐着吃闲饭?”面对叔叔的诘问,我无言以对。就算我告诉他,爸爸打算强迫我嫁个白胡子老头我才出逃,他也不会理解。他会奇怪地看着我,仿佛我疯了似的,然后说:“那又怎样呢?华莉丝,你反正要嫁人的。你爸爸需要那些骆驼……”我再怎么向家人解释我和他们不同,他们也不会理解。我爱我的父母,可对他们为我安排好的生活我不满意。我模糊地感到,我可以过得不一样,尽管那时的我,并不知道生活到底还可以如何。几天后,我得知叔叔已经给爸爸捎了信,爸爸正在赶来加尔卡约的路上。

阿迈德叔叔有两个儿子。我和他们很熟,因为他们学校放假的时候来过我家。他们帮着照顾牲畜,还教我们认了些字。那时,这是索马里的一项习俗——城镇里上学的孩子每逢放假,会去沙漠里教游牧家庭的小孩读书。我在叔叔家住着的那几天,听两个表兄弟说起,他们知道我姐姐阿曼的下落——姐姐从家里逃出去之后,去了摩加迪沙,已经结婚。这个消息让我欢呼雀跃,因为我一直不知道姐姐离家后的境况如何,甚至连她的死活都不清楚。和表兄弟的谈话中我还觉察,原来父母早就知道阿曼的下落。但她那一走,就算是被逐出家门,所以父母对她绝口不提。

得知父亲要来接我回家后,我和表兄弟商量,酝酿再次出逃。他们给我指了路,告诉我到了首都摩加迪沙之后怎么去找姐姐。一天清早,他们把我送上出城的路,给了我能凑起来的一点钱。“你朝那边走,华莉丝。”他们指着前方的路,“这条路到摩加迪沙。”

“你们答应我,千万别告诉任何人我走了。等我爸爸来了,你们就说不知道我到底怎么了,就说你们最后一次看到我是今天早上在家里,好吗?”他俩点点头,挥手向我告别。我又踏上了漫漫旅途。

去摩加迪沙的旅程慢得令我几欲发狂。我走了好多天。不过至少这次我身上有些钱,可以买些东西在路上吃。搭便车的机会零零散散,其间我只能走路,一走就是许多公里。前进如此缓慢,我心急如焚。最后不得不花钱搭乘非洲丛林出租车——大卡车,上面能坐四十来个人。非洲的卡车司机经常这么干——把粮食或甘蔗之类的货物运到目的地后,回程则在车后厢里搭载乘客。车厢四周有木头栏杆。沿着围栏,搭车的人或坐或站,看起来就像在巨大站栏里的小孩。丛林出租车上还坐着婴儿,放着行李、日常用品、家具,还装着羊和笼里的鸡。司机能塞多少人上去,就塞多少人上去。不过经历了前几次搭车,我宁可跟一大群人挤在一起,也不愿独自与陌生男人坐在一起。卡车停在摩加迪沙的郊区,所有人都下了。这里有口井,人们可以饮牲畜。我用手掬着水,喝了几口,又把水扑在脸上。从这里看过去,条条道路通向四面八方,摩加迪沙毕竟是索马里的最大城市,人口足有七十万。我向两个牵着骆驼的牧人打听:“你们知道哪条路往摩加迪沙城里去吗?”

“知道,那边就是。”一个人指着前方说。我照着他指的方向朝城里走去。摩加迪沙是印度洋边的港口城市,那时还未遭战火摧残,仍然美丽。索马里曾为意大利殖民地,大部分的建筑由意大利人建造,整座城洋溢着地中海风情。我漫步在路上,伸着脖子,贪婪地欣赏绿色棕榈和鲜艳花朵环绕的白色房屋。街上,从我身边走过的女人们披着美艳的头巾,明黄、鲜红、蔚蓝,各色印花围巾在下巴底下用别针固定,环绕女人们的脸庞,海风不时温柔地掀起围巾飘逸的两端,这彩色的波浪优雅地浮动在女人们的身躯之后。我还看到许多穆斯林妇女,围巾从头上垂下,黑色的面纱把她们的脸遮盖得严严实实。我注视着她们,好生奇怪她们究竟怎么看路。明亮的阳光下,这座城市光亮耀眼,色彩丰富得令人炫目。

我边走边问路人,怎么去姐姐住的那一区。我不知道她住在哪条街,不过我想,总可以照着当时在加尔卡约的法子——先走到她那一区的市场,然后打听有没有人认识她。当然,这次我不会再犯傻,绝不会再让素不相识的男人"帮我"。

走到了姐姐家的街区,我直奔市场。怀里还有最后一点宝贵的零钱,我在摊子之间走来走去,不知道该买点什么填肚子。最后,决定在两个女人的小摊上买些奶。她们的价格最便宜。可刚抿了一口,我知道有问题——味道不对。我说:"这奶有问题!"

"怎么会!我们卖的奶不会有问题!"

"嘿,别说了。奶是什么味道,我最清楚。你们是不是在里面掺了水?"最后她们承认,确实掺了水,不然没法卖得那么便宜,还说她们的顾客无所谓。我和她们又聊了几句,我告诉她们,我到首都来是为了找到姐姐阿曼,问她们认不认识姐姐。

"认识!怪不得你眼熟呢!"一个女人答道。我笑了。小时候的我和姐姐完全是一个模子里刻出来的。姐姐每天都到市集上来,所以这两个女人认识她。其中一个女人把她的小儿子叫来,让他领着我去姐姐家。她命令道:“你把她带到阿曼家,然后马上回来!”

小男孩领着我走过安静的街道。午休时间,人们都躲在家里休息,避开正午的炎炎烈日。男孩手一指,让我看一座小小的棚屋。我走进去,看见姐姐正在睡觉。我摇晃着她的胳膊,把她叫醒。她睡眼惺忪,看我一眼,仿佛还在做梦似的,问:“你怎么来了……?”我在她床边坐下,告诉她,我和她当年一样,为了逃婚从家里跑出来。终于有个人可以理解我。姐姐会懂,为什么十三岁的我无论如何不能强迫自己,为了爸爸,嫁给一个愚蠢的老头。

阿曼告诉我,她来到摩加迪沙之后,自己找了个男人嫁了。他人很好,话不多,工作勤奋。姐姐怀孕了,大概一个月后就要生产。可她站起来,看上去完全不像临产的样子。她个头接近一米九,穿着非洲宽松的长袍,颀长而优雅,一点不显肚子。我仍记得,当时多么为姐姐的魅力倾倒,暗自希望有一天自己怀孕时也能像她一样娴静美丽。

说了一阵子话,我到底鼓足勇气,提出难于启齿的问题:“阿曼,求求你了,我不想回家——能先住在你这儿吗?”

“你就这么从家里跑了,把所有的活都留给妈妈。”她一脸忧伤。不过姐姐同意我住下来,多久都行。她的家很小,只有两间房,一间小的我睡,另一间她和她丈夫睡。姐夫在家的时间很短,他一大早就出门上班了,回家吃个午饭,小睡片刻便回去工作,晚上很晚才下班。他在家的时候话也很少——现在我对他几乎没有什么印象了,连他的名字和职业都想不起来。

阿曼生了个美丽的女儿。我帮着她带宝宝,打扫清理房间,把所有人的脏衣服搬到外头,搓洗晾干。

我也去市场买东西,学会了和小贩讨价还价这门精妙的本事。我摆出本地人的神气,迈向一个小摊,毫不迟疑,用命令的口气问:“多少钱?”整个场景就像事先设计好了似的,每天重复的都是这一套——某个大妈往我面前放上三个西红柿,一个大的,两个小的,开个天价,足可以买上三头骆驼。

“啊,太贵了。”我则一脸不耐烦,摆摆手。

“哎呀,过来,过来好商量。你给多少?”

“两块五。”

“不行,不行,不行。给个好点的价钱吧……”这时我便昂首挺胸地走开,去和其他殷勤的小贩聊天,故意让我的目标看得一清二楚。然后,我再走回去,按刚才出的价继续跟她谈,讨价还价,直到我们中间的一个人烦了,然后让步。

姐姐总念叨多么担心妈妈,念叨现在我也跑了,抛下妈妈一个人操劳。每次她提起这个话题,就仿佛错全在我。和阿曼一样,我也担心妈妈一个人是否应付得了,可阿曼自己也是从家里跑出来的,这事她却绝口不提。和姐姐一起度过的童年岁月又回到眼前。在来到摩加迪沙之前,有五六年没有见过她,其间发生了很多事,我也成长了很多。然而在阿曼看来,我还是她出走前那个傻乎乎的小妹妹,而她则永远是最懂事的长女。我看得越来越清楚,虽然我们容貌相似,个性却天差地别。我越来越受不了她对我吆三喝四。因为向往别样的生活,我才在爸爸逼我出嫁时离家逃走。而现在寄人篱下,天天煮饭,洗衣,照顾婴儿,跟我在家时带弟弟妹妹并没两样——这可不是我想要的生活。

一天,我离开了阿曼家,去追寻自己的命运。我没和她谈过,甚至没告诉她我打算走——早晨我走出门就没再回去。当时我觉得自己做得对,可我并不知道,从此我再也不会见到姐姐。

1995 年，华莉丝在英属维尔京群岛拍摄宣传照。

Chapter 7

摩加迪沙

和阿曼一家共同生活的日子里，她带我去拜访了几个也住在首都摩加迪沙的亲戚。人生中我头回见到了妈妈的家人。妈妈小时候也生活在这里，家里有外婆、四个兄弟和四个姐妹。

能认识住在摩加迪沙的外婆，是我一生的幸事。如今她已九十高龄，当年我见到她时，她才七十多岁。我外婆是不折不扣的非洲女人，个性强悍，意志坚定。她的肤色浅，经历的风霜都写在脸上。操劳一生的双手结满了鳄鱼皮甲般的老茧，仿佛她一直用手刨地似的。

外婆生长在一个阿拉伯国家，但我不知道是哪个国家。她虔诚地信仰伊斯兰教，每天五次按时向麦加的方向祈祷。出门前一定在脸上蒙起黑色的面纱，从头到脚包裹得严严实实。我以前老喜欢跟她开玩笑："外婆，你还好吧？你真知道自己往哪走吗？面纱那么厚，看得见路吗？"

她则反唇相讥："嘿嘿，我看得一清二楚。面纱是透的。"

我开怀大笑："那就好——那你吸气、吐气也没问题吧？"

住在外婆家，我渐渐体会到母亲的个性何以如此坚强——这份内心的力量源自外婆。外公多年前已经去世，外婆一直一个人生活,独自操持里里外外。每次去看她,我最后总累得筋疲力尽。一进门她就会说:“来,来,来,华莉丝,咱们出去。”

外婆的房子离市集挺远。我们每天都得出门买吃的,我老说:“外婆,咱们搭巴士行不行?别那么累啦。天气又热,路又远,走路太累啦。”

“什么?!巴士!来,来,来,咱们还是走路吧。你们这些小姑娘老想坐车。哪有那么多怨三怨四?你越来越懒啦,华莉丝。你们这些孩子,真不知道你们怎么了——我和你一般大的时候,走了多少路……丫头,你来还是不来?”于是,我们又抬腿上路。我知道自己再磨蹭,她就不会等了。买好东西回家,我总是拎着袋子,跟在她后头。

我离开摩加迪沙之后,一位姨妈过世,撇下了九个孩子。外婆把他们全都接了过来,尽心抚养。外婆是位伟大的母亲,独立撑起了所有的责任。

我还见到了妈妈的另一个兄弟,沃尔德阿布。一天我从市场回来,看到舅舅坐在外婆家里,怀里搂着个孩子。虽然以前没见过他,可一眼就觉得无比亲切——他长得和妈妈太像了!我非常想念妈妈,看到舅舅就仿佛看到了她。我朝他跑过去。这一刻非常奇妙——我长得也很像妈妈——舅舅看着我,我看着他,就像看到了自己在哈哈镜里变形了的影像。舅舅之前已经听说我从家里逃到了摩加迪沙。我走过去,他就问:“你是华莉丝吧?”那是我离家以来最开心的时光,不仅因为沃尔德阿布舅舅长得像妈妈,他们俩的搞笑个性也一模一样。舅舅和妈妈小时候肯定是家里的开心果二人组,时常逗得大家捧腹大笑。我真希望能看到他们在一起时的样子。

不过,那天早上我从阿曼家出来之后,去的不是舅舅家,而是投奔另一位舅妈鲁尔。到摩加迪沙不久,我就和阿曼一起去拜访过这位舅妈。舅妈嫁的是我的萨义德舅舅。不过舅舅在沙特阿拉伯工作,舅妈独自带着三个孩子在索马里。舅舅从沙特汇钱回索马里养家。我在摩加迪沙生活的日子里,舅舅一直没回来,所以我从没见过他。

进了舅妈家,她有些诧异,不过高兴的样子倒真心实意。我说:"舅妈,我和阿曼不太合得来,能不能在你这儿住一阵子?"

"行啊。你知道我一个人得带三个孩子,萨义德基本不在家。你能来帮我一把太好了。"我大大地松了口气。阿曼当初虽然答应我住下,心里并不情愿——她家地方狭窄,又和姐夫新婚不久。而且,阿曼一直希望我回到沙漠里的父母身边,这样,她就不用为了多年前自己的出逃感到愧疚。

一开始,我总觉得住在房子里好拘束——屋顶挡住了头顶的天空,四壁限制活动的区域,空气里弥漫的不再是灌木林和动物的气味,而是城市下水道和一氧化碳的臭气。在阿曼家住了些时日,现在又来到舅妈家,我逐渐习惯了室内的生活。舅妈的房子稍微大些,可也绝对称不上宽敞。遮风挡雨的房子固然是我前所未享的奢侈,然而以西方的标准看来,屋内设施几近原始。水仍然是极端珍贵的商品——小贩牵着驴,走街串巷叫卖。我们买了水之后存在屋外的桶里。全家人洗澡、打扫卫生、煮茶做饭都靠这桶水，大家都很节约。在狭小的厨房里，舅妈用瓶装气在简单的灶具上做饭。因为没有电，晚上我们在屋里坐也好，走也好，都只能点煤油炉。厕所是非洲常见的式样：地上刨个洞，排泄物就落到洞里，在炎热的天气里发臭。洗澡则得先从屋外的大桶里舀水，擦完肥皂，冲洗完毕，让脏水流到厕所的洞里。

一到舅妈家，我立马意识到自己得到的远不止一个立足之地——还加上一份全职工作——照顾三个讨厌的孩子。也许我不该把话说得这么难听，但他们的确让我时时头疼。

舅妈早上九点左右才起床，吃完早饭，就开开心心出门会朋友去也。一整天她都在外头，和一群女人没完没了，东家长西家短。无论朋友还是敌人，点头之交还是远亲近邻，什么人都可以充当谈资。傍晚时分，她才脚步翩翩回家来。舅妈出了门，她那三个月大的宝宝肚子一饿，就哭闹个不停。我抱着宝宝哄，他便钻到我怀里想吃奶。我天天跟舅妈说："舅妈，看在老天分上，你得想想办法！我每次抱宝宝的时候，他都想到我这儿来吃奶！我哪有奶啊。我还没发育哪！"

"啊，没关系。别担心。给他点牛奶什么的就行了。"舅妈总是轻飘飘不以为然。

除开打扫卫生和照顾婴儿之外，我还得照管两个大点的孩子，一个九岁，一个六岁。这两个孩子和小野物没什么两样。显然舅妈从来不管教他们，由着他们撒野。我抓着机会就抽他们的屁股，想教他们点规矩。可他们从小为所欲为，好比游荡的野狗，不可能一下子变成甜蜜的小天使。

日复一日，我越来越郁闷。到底老天还要让我经历多少大大小小的折磨,才肯给我一线希望? 我总努力想要改变,想要前进,想要抓住那冥冥之中为我准备的机会。每天我都在想:"机会何时才会到来? 会不会是今天? 明天? 我该到哪儿去? 我该怎么做?"我一直坚信自己会有乘风破浪之时,可我并不知道信念从何而来。那时的我总以为,每个人都像我一样,心中有个声音引领着自己前行。我打小就知道,自己的生活定将与身边的人不同。只是还不确定,命运到底会如何。

在舅妈家住了一个月后,我积蓄已久的不满终于大爆发。一天傍晚,舅妈还在外头和朋友闲言碎语聊得欢,她九岁的女儿突然不见了。我到门口喊了这小姑娘半天,没看到她的影子,只得出门去找。最后在一条隧道里,发现了她,她和一个小男孩在一起。这丫头性格倔强,非常好奇。我找到她的时候,她正在"深入探索"男孩的生理构造。我冲过去抓住她的胳膊,一把扯她起来。那男孩像受惊的动物,一溜烟跑了。我拉着这个野丫头,一路走,一路狠狠地用树枝抽她,我还从未如此厌恶过任何一个小孩。

晚上舅妈回到家,她女儿哭哭啼啼向她告状。舅妈大发雷霆,朝我咆哮道:"你怎么敢打我的女儿?! 你要是再敢动她一下,我就揍死你,看你喜不喜欢挨打!"她威胁地逼过来。

我顶撞道:"你要是知道她为什么挨打,绝不会再要她做你女儿了! 你根本不知道怎么回事! 这孩子太野了,完全和畜生没什么两样!"舅妈对我的解释根本不感兴趣,一味怪罪我。这么些日子,她一直放心大胆,把自己的三个孩子交给我这个才十三岁的外甥女照顾,可现在突然又无比宝贝起女儿来。她扬起拳头,作势要打我。我受够了,受够了舅妈,也受够了整个世界。我尖声大叫:“你敢碰我!你要敢碰我,我会揪光你的头发!”舅妈不敢朝我动手,可我也知道,自己在这里的日子又到头了。往下我又该投奔谁呢?

咳,华莉丝,你别又搞砸了——我对自己说。迟疑地举起拳头,敲响了萨如姨妈家的门。姨妈打开门,我跟她问了个好,满心羞愧。萨如姨妈有五个孩子——相同的戏码不会再次上演吧?我有不好的预感。可除了来这儿,我还能去哪呢?难道要在街上流浪,扒路人的口袋、讨钱?我没细说和鲁尔舅妈的摩擦,只问能不能在她家住一阵。

让我吃惊的是,姨妈爽快地答应了。她说:“我是你的朋友。你想住就随便住。想和我说心里话,我也乐意听。”这样的开端比我的预想好多了。不用说我也知道,应该帮忙做家务。不过十九岁的法蒂玛是姨妈最大的女儿,她承担了家里大部分的活计。

可怜的法蒂玛表姐忙得像个奴隶。她每天大清早起床上学,十二点半从学校回来给全家人做午饭,下午再回学校。晚上六点左右到家,马上开始做晚饭。吃完饭洗完碗后,还要学习到深夜。不知道为什么,比起其他孩子,姨妈对法蒂玛的态度严苛得多。然而法蒂玛友善和气,把我当朋友。那时的我正渴望友谊。我觉得姨妈对法蒂玛不公道,所以晚上尽力在厨房帮她。我不会做饭,于是跟着法蒂玛边看边学。第一次吃意大利面就是法蒂玛做的。我从没吃过那么好吃的东西,觉得自己简直身居天堂。

我在家基本只打扫卫生。到现在,萨如姨妈还称赞我是最能干的清洁工。擦地板，擦玻璃，我什么都干。虽然相当辛苦，可我心甘情愿。带了几个月的娃娃，我可实在受够了。

萨如姨妈和阿曼一样，也很为我母亲忧心，毕竟家里一个帮她分忧的大女儿都没有。父亲大概会帮着照看牲畜，可做饭、缝衣、编篮子、带孩子这些事，他才不会伸手指头。这些都是女人该干的活，妈妈一个人应不应付得来，他才懒得管。他不是还娶了个年轻的老婆回家帮忙么？我也很惦记妈妈。自打漆黑的凌晨时分告别妈妈，我一直都思念着她。离家前的那一夜，母亲独坐火边的面容深深地印在我心上。她看起来那么疲惫。穿越沙漠找寻摩加迪沙的路上，思绪紧紧缠绕着我。旅程有多长，我的选择便有多艰难——我到底该走哪条路？回家照顾妈妈，还是远远逃离嫁个糟老头的命运？记得一天傍晚，我累得躺倒在一棵树下，不停问着自己——谁来照顾妈妈？她总是关心着所有人，可谁来关心她？

然而，假如我现在回家，就意味着我前几个月的苦统统白吃了。一回到家，不出一个月，父亲就会故技重演，把我嫁出去换骆驼，无论这男人多老，多丑，多没用。那样我就会被绑在丈夫身边，还是没法照顾妈妈。想来想去，一天我终于意识到，要是能挣钱给她送去，就能帮她一把——这样她起码能买得起家里需要的东西，不用太苦劳苦做了。

我下定决心要找个工作，跑遍了整个摩加迪沙城。一天，姨妈叫我去市场上帮她采购，回家的路上我经过一个建筑工地。停下脚步,我望着工人们搬砖头,往泥浆坑里铲沙子,用锄头搅水。“喂!”我大喊,“你们招不招工啊?”

正在砌砖的一个人停下手上的活,哈哈大笑问:“谁想打工啊?”

我回答:“就是我。”

男人又笑了,说:“你不行。我们没什么活给你这样的瘦丫头。你又不会砌墙。”

“不,你错了。”我向他许诺,“我肯定做得了。我很结实。”指着和泥浆的工人,我说:“我可以帮他们。搬沙子和泥我肯定干得和他们一样好。”那些工人站在那边看着,裤子松松垮垮地挂在屁股上。

“那好吧。你什么时候可以上工?”

“明天一早。”

“你六点过来。让我们看看你能干什么。”我开心得简直要跳起来了,一路心花怒放,飞奔回姨妈家。有工作了!能挣钱了!我决心把一分一毫都存起来,托人给妈妈带回家。她肯定惊喜万分。

回到家,我把这大好消息告诉姨妈。她不肯相信:“你准备上那儿干活?!”一个女孩子居然愿意到工地上干活,太令人难以置信。她又问:“你到底能帮那些男人干啥?”我那么瘦,看起来老像没吃饱。工地老板居然雇了我,这也让她惊讶不已。我向姨妈一再保证这是真的,她只得信了。

姨妈并不为我高兴,相反,她很生气——我住在她家,却不帮她干家务,反倒出门给其他人打工。我跟她争累了,说:“姨妈,我想给妈妈送些钱,所以非得工作不可。不是这份工,就是那份工,反正我是做定了。你看行不行?”

“那就这样吧。”

第二天一早,我的建筑工生涯便开始了。真是苦不堪言!整天都在搬沙子,沉重的沙桶让我直不起腰来。我没有手套,桶子的把手深深地勒进我的手,手掌上磨出了大大的水泡。干了一天的活,水泡压破了,双手便流血不止。工地的同事都以为我肯定要打退堂鼓,我却决心无论如何,明天也要坚持下去。

我咬紧牙关硬挺了一个月,直到双手布满口子,又酸又痛,几乎无法活动。辞工的时候,我攒了大约六十美元。我自豪地告诉姨妈,我攒了钱带给妈妈。姨妈有个熟人,我不久前见过他。他正准备带全家人往沙漠里去,主动提出可以帮我把钱带过去。萨如姨妈告诉我:“我跟他们家的人很熟。他们还可靠。你把钱给他应该靠得住。”不消说,我这六十美元一去不复返,后来我才知道妈妈一分钱都没收到。

辞去了工地的活,我只得重新开始给姨妈打扫房子。没过多久,姨妈家来了位尊贵的客人——索马里驻伦敦的大使。大使先生,莫哈默德·查马·法拉,是我另外一位姨妈玛瑞姆的丈夫。我正在旁边的房间里擦擦洗洗,不小心听到大使和萨如姨妈的谈话。大使得到任命,将在伦敦工作四年。他来摩加迪沙是为了找个仆人。我立刻明白,机会来了——翘首盼望了这么久的时刻终于到来。

我冲进房间,对萨如姨妈说:“姨妈,我得和你谈谈。”

姨妈面露不悦,问:“什么事?”

“请你过来好吗?”姨妈一走出房间,走出大使的视线,我便一把抓住她的胳膊恳求道,“姨妈,求求你,求求你跟大使说带我去伦敦吧。我去给他干活。”我能看出姨妈一脸不高兴。她被我的话伤到了。可我是个死倔脾气,只想着自己要的东西,没考虑姨妈为我的付出。

“你!你什么都不懂!去伦敦能干什么?”

“我会打扫房子!姨妈求求你,跟他说带我去伦敦!我要去!”

“不,不行。你别烦我了,干你的活去。”姨妈转身走回房间,继续和她的妹夫说话。我听到她语气平和地说:“你干吗不带华莉丝去?你知道,她真的是个好女孩。很会做家务。”

姨妈叫我进去,我马上蹦进房间。手里抓着羽毛掸子,咂着嘴,嚼着口香糖:“我叫华莉丝。你是我姨妈的丈夫对不对?”

大使皱起眉头:“你能不能把口香糖给吐了?”我啪地一口把糖啐到墙角。大使看了一眼萨如姨妈,说:“这就是那个孩子?不,不行,不行。”

我争辩道:“我很好的!我会打扫卫生,会做饭,也会带孩子!”

“随你怎么说吧。”

我转过头对姨妈说:“你告诉他——”

“华莉丝,够了!你干活去。”

“你告诉他我是最棒的!”

“华莉丝,闭嘴!”姨妈呵斥了我,然后又对大使说:“她年纪还小,不过干活确实卖力。相信我,她会好好干的……”

莫哈默德姨父什么也没说，满脸嫌恶地盯着我看了一阵，终于开口："好吧。你听着，我明天带你走，好吗？我下午过来，把你的护照给你，然后我们去伦敦。"

Chapter 8

前往伦敦

伦敦！我对那个地方一无所知，可光听到这个词我都欢蹦乱跳。不知道它在何方，只晓得很远很远。而远方，正是我期盼的去处。是上天真的回应了我的祈祷，还是一场兑现不了的好梦？我不安地对萨如姨妈说："我真的要去伦敦了吗？"

姨妈严厉地看着我，警告地竖起一根手指，说："你闭嘴，少啰唆。"她看到我眼中的惊惶，笑了起来："好吧，是的，你是要去伦敦了。"

听了这句话，我兴奋地一下子蹦到天上，拔腿就跑，去找法蒂玛表姐。她正在准备晚饭。"我要去伦敦了！我要去伦敦了！"我一边大喊，一边在厨房里手舞足蹈起来。

"什么？伦敦？"表姐拉住我的胳膊，急切地问我怎么回事。然后，她一本正经地对我说："你会变成个白人的。"

"你说什么？"

"你明白嘛，你会变成白人…… 白皮肤。"

我并不明白。她说的话让我一头雾水。我从没见过白皮肤的人。老实说，这之前我都不知道世界上还有白皮肤的人。不过，我一点也不介意表姐的话。我故作骄傲地回答："请闭嘴吧。你就是眼红嘛。我要去伦敦了，你只能待在这儿。”我得意扬扬地跳起舞来，转着圈子拍着手，跳起了沙漠里庆祝下雨的舞步，唱着歌：“我要去伦敦！喔耶耶耶——我要去伦敦了！”

萨如姨妈叱道：“华莉丝！”

那天晚上，姨妈帮我办齐了上路的行头。我得到了生平的第一双鞋——一双美丽的皮凉鞋。姨妈还给我一条艳丽的长裙坐飞机穿，上面罩一件非洲褂子。我没有行李箱，反正除了启程时穿的衣服之外也没东西可带。

第二天，莫哈默德姨父来接我去机场。我挨个拥抱亲吻萨如姨妈、法蒂玛表姐还有表弟表妹们，向他们道别。法蒂玛对我那么好，我真希望她能跟我一起走。可工作只有一个，我很庆幸得到机会的是自己。姨父把护照递给我。我仔细地翻看着这奇妙的小本子。人生中第一次拿到写着我名字的证件——出生证、身份证什么的，我统统没有过。我觉得自己摇身一变，成了个大人物。坐进汽车，我向全家人挥手告别。

从前，我只从地面上仰望过飞机。在沙漠里牧羊时，偶尔有飞机从头顶的天空呼啸而过。虽然知道世界上有这么个东西存在，但离开摩加迪沙的那天下午之前，我从未近看过飞机。莫哈默德姨父领着我走过机场，到了登机口。停机坪上，一架巨大的英国喷气式飞机在非洲的阳光下熠熠生辉。这时我才听见姨父原来在跟我说话：“……你姨妈玛瑞姆会在伦敦等你。我在这边还有事情要办，得过几天才能走。”

我转过头看着姨父,吃惊得张大了嘴巴。他把机票往我手里一塞,嘱咐道:“千万别把票丢了。护照也绝对不能丢。这两样很要紧,一定要收好!”

“你不跟我一起走?”我费了好大力气终于挤出这句话。

“不,我今天不走。”姨父不耐烦地回答,“我还得再待几天。”眼泪夺眶而出,我害怕孤身一人上路。马上要离开索马里了,突然间我恐慌起来。也许我不该走?要去的远方笼罩着迷雾——虽然索马里有这样那样的问题,可这儿是我的家啊!

“你走吧。不会有事的。伦敦那边有人接你,他们会告诉你该干些什么。”我抽泣着,心里七上八下。朝着登机口方向,姨父轻轻推了我一把:“快走吧。飞机要起飞了。华莉丝,你得上飞机了!”

我穿过停机坪,紧张僵直地朝飞机走去。地勤人员围着飞机忙碌,做起飞前的准备。我的目光掠过装行李的工人、检查飞机的机组,然后仰起头,望着楼梯,心里琢磨着是不是要上楼梯才能进到飞机里。大概可以吧——我开始往上走。可是我不习惯穿鞋走路,裙子又长,我怕踩到裙子,从光滑的铝楼梯上滚下来,一路走得小心翼翼。上了飞机,我不知该往哪里走,洋相出尽。其他旅客都坐定了,他们好奇地盯着我看。我仿佛听到他们都在嘲笑我:“这个乡下傻妞肯定从没坐过飞机。”我昏头转向地往里冲,看到个空位子就一屁股坐下了。

这时我见到了这辈子的第一个白人。我旁边座位的白人男子对我说:“这不是你的位子。”至少我猜他说的是这个——那时我对英语一窍不通。我瞪大了眼睛望着他,慌得不知所措:天啊,这个人到底跟我说什么？他怎么长成这样？男子又重复了一遍他的话，我更慌了神。幸亏这时一位空姐走了过来。她肯定看出了我的惶恐，从我手中拿过机票瞧了一眼，握住我的胳膊，领着我顺着走道找我的位子。我一开始去的是头等舱，当然大错特错。一路上，每个人都在向我行注目礼。空姐微笑着，把位子指给我。我赶紧一屁股坐下，庆幸自己终于能躲开众人的视线，傻兮兮地满脸堆笑，还探出头去感谢这位空姐。

起飞后不久，她又走了回来，提着一篮子糖，微笑着让我拿。我一手提起裙边，做成个像采果子时用的大包，一手在篮子里猛抓了一大把。当时我饿坏了，打算好好屯些糖——谁知道这一路上还有没有吃的？抓了一把后，我又伸手，空姐把篮子扬到一边，不让我够到。她继续往前走，我伸长了胳膊，想抓住篮子。她脸上的表情在说："天哪，这人怎么这样？"

我撕开糖纸，贪婪地把糖塞进嘴里，一面细细观察身边的白人。我觉得他们看起来又冷漠，又病态。如果当时会说英语，我肯定要提醒他们多晒太阳，还以为他们的皮肤白不过是因为太久没见阳光。我暗想，一有机会定要用手碰碰他们的皮肤，也许这白色一擦就褪了？也许他们其实骨子里都是黑皮肤？

飞行了九到十小时后，我怎么也憋不住尿了。尽管急得像热锅上的蚂蚁，可我真不知道到哪里小便。我对自己说："华莉丝，加油。你肯定能想出来。"通过密切观察，我发觉身边的人都曾先后起身，往一扇门里走。一个人刚出去，另一个人立刻往里走。就是这儿了，我得出结论。我也站起身，门里出来一个人，我接着走进去。锁上门，我环顾四周。大地方是对了，可在哪解决问题呢？我瞥了一眼洗手池，嗯，应该不对。转头看到马桶座，耸耸鼻子，这儿肯定是了！我高兴地坐下——嘘！

真是浑身轻松啊！可站起来一看，我的小便还在池子里。怎么办？不能随它去啊，我可不愿意给下一个人进来看到。怎么把它弄走呢？冲水按钮上的英文指示我看不懂。就算明白“冲水”这个词，我也一样稀里糊涂。这辈子我还从没用过抽水马桶哪！卫生间的每个手柄、按钮和螺钉，我挨个儿细细看过，琢磨哪个能让小便消失。一次又一次，我回头盯着马桶上的冲水按钮看，怎么都觉得应该是这个。可又担心一揿按钮，整架飞机会爆炸。在摩加迪沙，我听说过这种事：索马里政局动荡，人们总在谈论这儿爆炸了，那儿爆炸了。如果我按下这个钮，也许飞机就会爆炸，大家都会死！也许按钮上面的指示正是警告：不可按下！飞机将爆炸！我还是别冒这个险了。但我不想让别人看到我的痕迹。全飞机的人都会知道是谁用过厕所。这时外面已经排起了长队，人们砰砰地捶着门。

突然，灵光一现——我抓起一只别人用过的纸杯，把它灌满水，再把水倒进马桶。我想，把小便冲淡到没有颜色的话，下个进来上厕所的人就会以为这马桶不过是装满了水而已。一杯接一杯，我灌水，倒水，灌水，倒水。外面排队的人边捶门边喊我出来。我没法回答他们，只得默默地继续推进庞大工程：从龙头里接水，倒进马桶。纸杯都被泡软了，而我仍不停手，直到水一直满到座垫边缘。要是再加一杯，肯定会溢出来。不过现在马桶里的液体已经看不出颜色了，于是我站起来，抚平裙子，打开门，低头走出去。我推开门外的人堆，暗自庆幸自己没有大便。

飞机快要降落在伦敦希思罗机场。尽管仍对自己在这个未知国家即将展开的生活心怀疑惧，但终于能走下飞机，我长舒了一口气。至少姨妈会接我，我满心感激。随着飞机缓缓下降，窗外的天从蓬松云彩的白色渐渐过渡成迷蒙的灰色。乘客纷纷起身，我也站起来，人潮把我卷入其中，挟带着我下了飞机。我不知该往哪儿走，该做什么。人群一路向前推进，直到电梯面前。这时麻烦来了——楼梯居然自己会动！我傻了眼，站定了使劲看。人潮从我身边分开，人们一个个毫不迟疑地走上移动着的楼梯，随着楼梯上升到顶部。我学着他们的样子，朝前迈步，上了自动扶梯。可一只新凉鞋从脚上滑落，掉在地上。我用索马里语大喊："我的鞋！我的鞋！"想跑下去把鞋捡回来，可无法分开身后密实的人群，挤不过去。

总算到了电梯顶端，我光着一只脚，随着人流一瘸一拐，往前走。下一站是海关，我注视着这些工作人员，都是白人，制服笔挺，可我对他们到底是什么人一无所知。一位海关官员用英语问了我些什么，我把握住这求救的机会，急忙用手乱比画，指向扶梯的方向，用索马里语喊着："我的鞋！我的鞋！"

这个官员一脸厌倦地瞧着我，无动于衷，耐着性子又重复了一遍他的问题。我紧张地傻笑，一时间忘了遗失的鞋子。官员指指我的护照，我递给他。他仔细翻查了一遍，啪地盖上章，挥手让我过去。

出了海关，一个穿着司机制服的男人走上前来，用索马里语问我："你是不是为法拉先生工作的？"

找到一个会说我母语的人，我如释重负，高兴地大喊："对！对！就是我！我就是华莉丝！"司机正要领着我往前走，我一把拉住了他："我的鞋！我要下楼去找我的鞋。"

"你的鞋？"

"是，是，它还在楼下。"

"在哪儿？"

"在移动楼梯的最下面。"我朝身后的方向指去，"我上楼梯的时候掉在那儿了。"司机这才低头，看到了我一只脚穿着鞋，另一只光着。

幸亏司机也会说英语，我们获准再次进入，找寻我的鞋子。可等我们走到丢鞋的地方，鞋子不见了。怎么这么倒霉！我脱下另一只鞋，捧在手上，一边往上走，一边四下看，还是找不着。现在我又得重新过海关。还是刚才那个官员，不过这次有司机做翻译，他终于可以得到上次那个问题的答案了：

"你准备在这里停留多久？"

我耸耸肩。

"你要去哪？"

"我会和我的姨父住在一起，他是大使。"我骄傲地回答。

"护照上写的你十八岁。对吗？"

"什么？我才不是十八岁呢！"我朝司机抗议。他把这话翻译给海关的人。

"你有没有要报关的东西？"我不明白这个问题的意思。

司机解释道："你随身带了什么东西？"我把手中的一只鞋举高。海关官员盯着我的鞋看了一会，轻轻摇摇头，把护照还给我，挥手让我们通过。

司机领着我走出了人头攒动的机场，他向我解释道："你看，护照上写的你是十八岁，所以我跟那个海关的人说的也是你十八岁。如果再有人问你，你就说自己十八岁。"

"我不是十八岁！"我生气地回答，"我没那么老！"

"那你到底几岁？"

"我不知道——大概十四吧——反正没有十八那么老！"

"护照写的几岁，你现在就是几岁了。"

"你瞎说！护照上写的什么我才不管，我告诉你那根本不是真的！为什么护照要瞎写？"

"因为法拉先生是这么交代的。"

"那他就真是疯了！他什么都不知道！"我和司机走向出口，大吵大嚷。我和他从此彼此厌恶。

我光着脚朝车子走去，伦敦雪花飞舞。我穿上仅有的一只鞋，裹紧了身上的棉布褂子，冻得瑟瑟发抖。从没经历过这样的寒冷，也从没见过下雪。"天哪！太冷了！"

"你会习惯的。"

司机熟练地把车开出机场，汇入伦敦早晨的车流。悲伤孤独席卷了我的心。我孤身一人在这陌生的地方，四处望去，只有病态苍白的脸。安拉啊！上天啊！妈妈啊！我到底在什么地方？这一刻我无比思念母亲。尽管司机也有着黑色的皮肤，但他的存在也无法慰藉我的难过，因为他明显瞧不起我。

司机一面开车，一面向我介绍我新家的情况：我将和姨妈姨父住在一起，家里还有姨父的母亲、另一个我没见过的舅舅，以及七个孩子，也就是我的表亲。之后，司机告诉我，我得几点起床，几点睡觉，每天该干什么活，做什么饭，睡在什么地方。他还说，以后每天晚上我都会累得筋疲力尽，往床上一栽。

“你的姨妈，家里的夫人，管家的手段绝对铁腕。”司机一副实事求是的腔调，“可得警告你，她让每个人的日子都不好过。”

“你的日子可能不好过，她是我的姨妈，肯定不会对我不好。”我心里想，玛瑞姆姨妈毕竟是个女人，而且是妈妈的亲妹妹。我想着自己如何思念母亲，萨如姨妈对我又有多好。姐姐阿曼其实也没有恶意，我只是和她合不来罢了。我们家族的女性一直互相关心，互相照顾。我靠回椅背，突然感到长途跋涉后，倦意袭来。

我从车窗边探出头，眯起眼睛朝上看，想分辨清楚白色的雪花到底从何处飘来。雪渐渐为街道盖上一层白色，车子缓缓驶进哈利街上的豪华住宅区。我们在姨父家门口停下，我被房子的气派震得目瞪口呆，我就要住在这么豪华的地方了！我在非洲经历有限，从没见过如此的奢华。大使官邸是一幢四层楼的大房子，通体黄色，我最爱的颜色。我们朝堂皇的大门走去，扇形窗铺开在门顶。门厅里面，一扇镀金边框的巨大镜子映着对面书房里整面墙的书。

玛瑞姆姨妈走入门厅，迎接我。我兴奋地大喊：“姨妈！”

姨妈比我母亲年纪略轻，一身西方的时髦打扮。她站在大厅里，对我说：“进来吧。把门关上。”口气并不热情。我本想冲过去拥抱她，可姨妈站在那里两手交握的样子，不知为何让我站定了不敢过去。姨妈说:“我先带你四处看看,告诉你要做哪些事情。”

“喔,”身体里最后一点精力也跑光了,我小声回答,“姨妈,我很累。我现在就想躺着。能不能让我先去睡觉?”

“那好吧。跟我来。”姨妈朝起居室走去。一路上楼梯,我一路观赏新家里高雅的装饰:水晶大灯、堆着靠垫的雪白沙发、壁炉上方悬挂的抽象油画、火炉里的柴火噝噝作响。姨妈把我带到她的卧室,告诉我可以睡在她床上。这张豪华的四柱大床跟我沙漠老家的棚屋一样大,上面铺着一条美丽的羽绒被。我的手抚过丝面,享受着它的光滑。“你睡醒了之后,我再带你看房子。”

“姨妈,你会叫我起床吗?”

“不。你睡到自已醒吧。想睡多久都行。”我爬上床,钻进被子底下。我的皮肤上还从未有过如此柔软、如此舒适的触感。姨妈轻轻关上门,我闭上眼就睡着了,仿佛在一条长长的漆黑隧道里,不断下坠。

Chapter 9

女仆生涯

睁开双眼时，我以为自己还身在美妙的梦境。躺在美丽房间的大床上，简直不敢相信这一切都是真的。昨夜，玛瑞姆姨妈想必是和哪个孩子挤了一晚，因为我在她房里这一觉睡到了第二天早上。然而一起床，美妙的梦幻立即破碎，真实的生活开始了。

我走出姨妈的房间。她找到我时，我正在房子里四处晃荡。"好，你起床了。我们先去厨房，我把你要做的活交代一下。"我迷迷糊糊地跟着姨妈进了厨房，可这房间与萨如姨妈在摩加迪沙家里的厨房毫不相似。这儿四面都是奶白色的橱柜，装点着闪闪发光的天蓝色瓷砖，正中最显眼的地方立着一台巨大的六头炉灶。姨妈一个个拉开抽屉，又一个个把它们砰地合上，一面说："……这里放厨房用具，这里放刀，这里放餐巾……"姨妈在说什么，我摸不着头脑，也不知道她给我看的这些东西是什么，更不明白它们派什么用场。"每天早上六点半，你必须给你姨父上早餐，他很早就要去使馆。你姨父有糖尿病，他的膳食要特别注意。他早餐一向只喝一杯药草茶，吃两个白水煮蛋。早上七点，你送咖啡到我房间来。然后给孩子们煎薄饼。他们九点去上学，所以必须八点准时吃早餐。早餐之后……"

“姨妈，我不会做这些事情啊？谁来教我？你说的那个什么——薄饼，我不会做。薄饼是什么？”

我打断姨妈前，她正深吸了一口气，伸长胳膊指着一扇门。我这一插话，她一下屏住了呼吸，胳膊仍在空中，瞪着我，像慌了神似的。随后她缓缓地叹了口气，放下手臂，双手紧紧合在一起，就像我昨晚第一次见她时一样。“华莉丝，这是你第一次。我来做给你看。但你一定要仔细看。仔仔细细地看，听我的话，好好学。”我点点头。姨妈又深吸了一口气，继续给我讲厨房的活计。

磕磕碰碰过了第一个星期，尽管闯了几个小祸，我终于分毫不差地掌握了每天的日程。接下来的四年里，我一丝不苟地重复，日复一日。虽然从前毫无时间观念，我渐渐学会了紧盯时钟，让它统治我的生活：早上六点起床，六点半给姨父上早饭，七点给姨妈送咖啡，八点给孩子们上早饭，然后收拾厨房。司机把姨父送到大使馆后，回来接孩子们上学。我则开始做清洁：先做姨妈的卧室，再做浴室。一间房，又一间房，一层楼，又一层楼地打扫过来——掸灰，拖地，擦拭，打蜡，四层楼的所有房间挨个做一遍。哪里都得尽善尽美，不然立马有斥责声：“卫生间不够干净。下次你得做得更干净。瓷砖必须一尘不染，白得发亮才行。”

除了司机和厨师，只有我一个仆人照管全家人的起居。姨妈说房子这么小，没必要再找帮手。一周中的六天，厨师做晚饭。星期天他休息，我接手。四年里，我一天都没休息过。偶尔跟姨妈说起，她总要大发雷霆，我很快提都不愿提了。

家里人不和我一起吃饭。每天从早上一睁眼，直到午夜时分倒在床上，我不停地干活，只能见缝插针地随便吃两口。不吃厨师做的晚饭倒不可惜。他的手艺烂得一塌糊涂。厨子是索马里人，不过来自另外一个部落。他夸夸其谈，心眼坏，又懒惰，以折磨我为乐。无论何时，姨妈一走进厨房，他就突然莫名其妙朝我发脾气："华莉丝，周一早上我回来时，厨房里又脏又乱，一团糟。我花了好几个钟头才打扫干净。"这当然彻头彻尾是谎话。他什么都不上心，如何在姨妈、姨父面前表现好，他研究得倒透彻——他也知道自己烹调的手艺上不了台面。我告诉姨妈不想吃厨子做的饭，姨妈只说："那你就给自己随便做点吃的吧。"我暗自庆幸自己在摩加迪沙时曾向法蒂玛表姐偷师。我的烹饪灵感与生俱来，不仅会做各种意大利面，还异想天开自创了很多别的菜式。家里人看到我的食物，都想尝一尝。不久，他们纷纷开始问我打算做什么菜，需要在市场上买什么原料等等。厨子自然更加不待见我了。

在伦敦才待满一周，我便已发觉自己对姨妈、姨父怀有的期待完全落了空。非洲大部分地方，生活比较宽裕的人家都会收留穷亲戚家的小孩，小孩则用劳动来报答养育之恩。有些人家对孩子很好，把他们当作家中一员，资助他们上学，有些人家就没这份好心了。来伦敦前，我自然希望自己有前者的运气。可姨妈、姨父要想的事情太多，教育我这个大漠里来的女仆根本排不上号。姨父工作很忙，无暇顾家。我曾想象，姨妈会像母亲一样疼我，可她根本没把我当女儿——我不过是个仆人。残酷的现实越来越清楚地摆在面前，再加上每天的劳作繁重漫长，我对伦敦生活的满腔热情很快退烧。姨妈对条条框框无比执着，所有事情必须分毫不差按她要求的方式和时间做好，天天如此，没有例外。也许她以为,在一个和祖国截然不同的陌生国度,只有如此刻板地生活,才能获得成功。幸亏,我在这个家里找到了一个朋友——巴斯玛。

巴斯玛是姨妈姨父的长女,我们年纪一般大。她长得极漂亮,大把的男孩子想追求她,可她根本不理会。白天上学,晚上在家一心看书。巴斯玛可以待在房间,躺在床上,好几个小时都沉浸在书海里。她常常看书看得入了迷,饭都忘了吃。有时一读就是一整天,非得有人把她从房里拖出来不可。

我感觉乏味寂寞时,便到巴斯玛的房间找她说话。在她床上一角坐下,问:"你在看什么书?"

她头也不抬地嘟囔:"别吵我,我看书呢……"

"那,我不能跟你说说话吗?"

她的目光仍然凝聚在书页上,语调平平,含糊不清地应着:"你要跟我说什么?"仿佛梦呓一般。

"你看的什么书?"

"呣?"

"你在看什么书?讲什么内容?"我总算让她的注意力转移到我身上。巴斯玛把书放到一边,给我讲书里的故事。她看的大部分是言情小说,男女主人公在经历了大小波折和数次误解之后,高潮终于来临——他们接吻了。每个细节巴斯玛都讲得绘声绘色,眼睛闪闪发亮,手臂还不时比画。我打小就热爱听故事,总听得无比陶醉。渐渐的,想读书识字的愿望在我心里扎下了根。学会念书,我就能随心所欲地走进故事世界。

母亲的弟弟,我的舅舅阿卜杜拉在伦敦读大学,和姨妈一家住在一起。他问我想不想上学:"华莉丝,你得学认字。如果你有兴趣，我可以帮你。”

舅舅告诉我哪儿有学校，什么时候上课，还有最关键的一点：学校免费。我自己从未想到要上学。大使姨父每个月只发给我一点零花钱，交学费肯定不够。满心期待要学认字，我跑去问玛瑞姆姨妈让不让去。我想掌握英文的听说读写。尽管住在伦敦，我们在家都说索马里语。我和外界隔绝，只会几个英语单词。

姨妈回答：“让我想想。”可她和姨父一商量，姨父不准我去。我求了姨妈好多回，可她不愿违抗姨父。最后，我下定决心，他们不准我也要去。每周三天晚上有课，从九点到十一点。阿卜杜拉舅舅答应，带我去一次，教我怎么走。那时我大概十五岁，生平头回坐进教室。来自全世界各个角落的学生挤满了课堂，什么年龄的都有。上过第一回课后，每次我从大使官邸偷偷溜出门去学校，一个意大利老头都会来接我，晚上再送我回家。我学得特别卖力，老师都说：“你很不错，华莉丝，不过咱们还是慢慢来。”我才学完字母表，刚刚入了英语的门，就被姨父发现了。我胆敢违背他的意愿，自己跑去上学——姨父暴跳如雷，才学了几周，我便不得不退出。

没法再去上课了，我找表姊妹借书，自己努力学认字。家里人不准我和他们一块看电视，我只能抓住机会在门口晃荡，听一会儿算一会儿，好让自己习惯英语的发音。日子一天天过去。一天，我在打扫卫生，姨妈突然让我过去：“你把楼上做完了就下楼来，我有事跟你说。”当时我在铺床，铺完之后，我走进起居室，姨妈正站在壁炉边。

“姨妈，什么事？”

“今天家里来了个电话。啊……你弟弟叫什么?”

“阿里?”

“不,那个年纪最小的,那个白头发的孩子。”

“‘老头’? 你说的是‘老头’吗?”

“对,‘老头’,还有你的大姐阿曼。很抱歉,他们死了。”我不敢相信自己的耳朵。我死盯着姨妈,心想她肯定在开玩笑——也许她因为什么事生我的气了,才说这种狠话来惩罚我? 姨妈表情一片空白。看着她的脸,我什么都猜不出。她一定是认真的,不然编这种故事干什么? 可这怎么可能? 我僵硬地站在原地,无法动弹,直到双腿一软,一屁股坐到白沙发上。我无法开口,无法问一句怎么回事。姨妈可能在跟我说话,可能正描述这一出悲剧,但我耳朵里轰鸣不止,什么都听不到,全身发麻,像具僵尸般直挺挺地爬上楼梯,走回四层阁楼上我的小房间。

得知这个震惊的消息后,我在床上躺了一整天,瘫在阁楼上我和表妹一起住的小房间里。“老头”和阿曼都死了! 怎么可能? 我从家里跑掉,没法继续和兄弟姐妹们一起生活,而现在我再也没有机会见到他们了。阿曼最强壮,“老头”最聪明——我从未想过他们可能会死。如果他们都死了,家里其他人又如何? 没有哪个孩子有他们俩的能力啊!

夜幕降临时,我已决定要给自己挫折不断的旅程画上句号。那天清晨,为了逃避父亲,踏上离家长路后,生活根本没有迎来我希求的转机。两年过去了,我深深怀念一家人生活时的亲密无间。现在家里两个人永远离去,我伤心欲绝。下楼进了厨房,打开抽屉拿出一把切肉的大刀,握着它走回房。躺在床上,我努力鼓起自杀的勇气,然而,母亲的面容不断浮现在脑海当中。我一下子失去两个家人,可如果现在我自杀了,母亲就会痛失三个孩子。这对她太不公平了。这样想着,我把刀放到床边的桌子上,注视着头顶的天花板。刀被我忘到脑后。巴斯玛走进房间看我时,大吃一惊:"这算什么回事!你拿刀干什么?"我没有回答,只是继续盯着天花板。巴斯玛把刀拿走了。

几天后,姨妈又在楼下唤我:"华莉丝!下来!"我躺在床上装没听见。"华莉丝!马上下楼来!"我走下楼梯,姨妈站在一边:"快去!电话!"从没有电话找过我,我很惊讶。说句老实话,我还从没打过电话。

我小声问:"找我的?"

"对,对,"姨妈指着横放在桌上的听筒,"快,把它拿起来——拿起来!"

我手握着听筒,惶恐地看着这个陌生的装置,仿佛它会咬我一口。伸着胳膊,隔了老远,我小声说:"喂?"

玛瑞姆姨妈眼睛一翻:"说话!对着电话说!"她抓着我手里的听筒,把它正了过来,按到我的耳边。

"喂?"然后我又惊又喜地听到了天籁——妈妈的声音。"妈妈!妈妈!天哪,真是你?"这些天来,第一次有微笑浮上我的脸,"妈妈,你还好么?"

"不好。我在树底下生活了好一段。"母亲告诉我,"老头"和阿曼死后,她心碎发狂。我暗自庆幸未曾自杀,增加母亲的痛苦。母亲独自跑进了沙漠,她不想要任何人的陪伴,不愿见任何人,也不愿倾诉。之后,她一个人去了摩加迪沙,回到娘家人身边。现在母亲还在那里,从萨如姨妈家打来电话。

妈妈给我讲了整件事的经过,可我怎么也无法理解。一开始"老头"病了。在非洲沙漠中游牧,病人常常无法得到任何救治,没人知道是什么病,怎么治。在那个世界里,人们要么生,要么死,生死只隔一条线。只要人还活着,则万事大吉。我们并不怎么担心生病,反正既没有医生,也没有药品,病了也得不到治疗。假如人死了,唉!那也无可奈何,活着的人还活着,生活就这样继续下去。无论怎样,In' shallah 哲学统领着我们的生命——"唯神所愿"。生是神的馈赠,死是神的决定,无法逆转。

然而"老头"天赋异禀,他生病,父母非常担忧。妈妈走投无路,只得差人给摩加迪沙的阿曼捎信,让她帮忙。阿曼最坚强,她一定知道怎么办。的确,阿曼有办法。她从摩加迪沙一路步行,回家来接"老头"去看医生。当时我们一家到底在哪儿扎营,离首都又有多远,我不清楚。妈妈叫人去找阿曼的时候,不知道姐姐当时怀着八个月的身孕。阿曼抱着"老头"去医院的路上,他死在了姐姐的怀里。阿曼受到重创,几天后也去世了,孩子没能保住。我至今不清楚他们到底死在何处。妈妈接到噩耗后彻底崩溃。妈妈一向沉着坚强,是家里的主心骨,她垮了,家里其他人又会如何,想来我都心惊肉跳。在妈妈最需要我的时候,我却困在伦敦没法回去,这让我比以往更加难过不安。

无论如何,我们的生活还是要继续。我努力让自己在伦敦生活得快乐一点。尽职尽责干活之余,也与表兄妹和他们的朋友说笑。

第一次作为模特粉墨登场，我找巴斯玛打下手。自打来到伦敦，我便爱上了时装。倒不是多想占有时装——我就喜欢试来试去。试衣服和演戏有异曲同工之妙，我可以变成其他人。那天晚上，全家人都在起居室看电视，我溜进莫哈默德姨父的房间。关上门后，我打开姨父的衣橱，拿出来一套好西服——深蓝色细条纹羊毛西服。我把西服摊在床上，又找出一件白衬衫、一条丝绸领带、深色袜子、雅致的英国皮鞋和一顶毛毡帽，穿戴起来。我看过姨父打领带，好不容易才照葫芦画瓢给自己系好。然后把帽子拉低。装扮就绪，我跑去找巴斯玛。她笑得直不起腰来。

“去告诉你爸有人找他。”

“这是他的衣服？老天哪，他会杀了你——”

“别管了，快去。”

我站在门厅里，听巴斯玛说话，等待登台亮相的时机来临。“父亲，”我听到巴斯玛说，“外边有个男的找你。”

“这么晚了还有人找我？”莫哈默德姨父的声音不怎么高兴，“谁啊？他要干吗？你以前见过他没有？”

巴斯玛结结巴巴地回答：“我，我也不知道。嗯，我想，我想你认识他。”

“你去告诉他——”

“你还是出去吧，”巴斯玛应道，“他就在门外头。”

“好吧。”姨父疲惫地答应了。该上场了。我把帽檐拉得低低的，眼睛几乎都看不见了，双手插到外套口袋里，款款走进客厅。

“喂，你不认识我了吗？”我做出男人的低沉声音。姨父的眼睛都鼓出来了，他弯下身子想看我帽子底下的脸。看到是我，他狂笑起来。

姨妈和家里其他人都乐成一团。

姨父朝我摆摆手指:“嘿,我可没许你——”

“姨父,我就想试着玩。你不觉得很好笑吗?”

“安拉呀!”

同样的把戏我后来又要过好几回,每次间隔很长时间,好让姨父没有准备。他每次都对我说:“这次可够了,华莉丝。别再动我的衣服了,行不行?”我知道姨父是认真的,但他每次都乐。后来我听到他笑着对朋友说:“这丫头走到我房间,穿上我的衣服。然后巴斯玛来告诉我有人找。这丫头便从头到脚穿着我的衣服走进来。你们真该看看……”

姨妈提到,她的朋友们觉得我应该试试做模特。可姨妈只回答:“嗯……你们知道,我们是索马里人,又是穆斯林,模特这种工作我们不能做。”话虽这么说,姨妈老朋友的女儿伊曼也是模特,姨妈并不觉得有什么。她认识伊曼的母亲很多年了,只要这对母女来伦敦,姨妈一定请她们住到家里。听她们谈论伊曼,我才对模特这个职业有点概念。我从表姐妹的杂志里剪下好多伊曼的照片,一张张贴到小房间的墙上。她也是索马里女孩,她能做模特,我为什么不能?

每次伊曼来,我都想找机会和她说话,想问她:“怎样才能成为模特?”那时我刚晓得世界上有这么个行当,自然不知道如何入行。可每次她来,晚上都只和长辈们聊天。姨父姨母绝对不会允许我打断他们的谈话,和伊曼商讨什么我想当模特之类的蠢事。终于有一天,我等到了一个好时机。伊曼在房间里看书,我敲敲她的门:“你睡觉前还需要什么吗?”

“你去给我倒杯药草茶来。”我下楼到厨房,端着茶盘上来。

把茶放到床头柜上，我开口说道："你知道吗，我房间里贴了好多你的照片。"床头柜上的钟嘀嘀嗒嗒地走，我觉得自己像个大白痴："我也很想当模特。难不难——你是怎么做的——你怎么开始的？"

我不记得自己当时对伊曼的回答有怎样的期待。也许我曾暗自希冀，伊曼挥舞着一根魔杖，将我从灰姑娘变成公主。模特梦那么虚无缥缈，离现实迢迢遥远，我也没多花时间幻想。那天晚上之后，我继续着每天的劳作，所有的精力都贡献给了早餐、中餐、晚餐、洗碗、打扫卫生，天天如此。

我已经在伦敦住满两年，大概十六岁，"彻底适应"了伦敦，甚至知道在西方世界里，那段时间称为1983年。

那年夏天，莫哈默德姨父的妹妹在德国去世，抛下了年纪还小的女儿苏菲。苏菲来到伦敦，和我们住到一起。姨父送她到万灵教会学校念书。这样，我每天早上的例行工作又添一项——陪苏菲走过几条街，送她上学。

没过几天，早晨，我和苏菲正往学校的砖石老楼走，我看到一个陌生的白皮肤男人紧盯着我。这人四十来岁，扎个马尾。他毫不掩饰地望着我，目光大胆。我把苏菲送进校门口，这人走上前来跟我说话。我不会讲英语，当然不知道他在说什么。我胆战心惊，看都不敢看他，撒腿就跑。后来每天都这样——苏菲进学校，那男人在大门口等我，想跟我搭话，我立马逃跑。

下午我接苏菲放学回家，她老讲她的新朋友，她班上的一个同学。我嗯嗯啊啊，有一声没一声地应着，一点兴趣也没有。一天，我去得有些晚了，到学校的时候，苏菲正站在门口等我，边和另外一个小姑娘玩。"嘿，华莉丝，这是我的朋友。"她自豪地向我介绍。两个小女孩旁边站着那个扎马尾巴的变态,那时他骚扰我已快一年。

我看着那个男人,紧张地对苏菲说:"好好,我们快走吧。"可那人弯下腰,对苏菲说了些什么。我抓住苏菲的手,警告她说:"我们快走吧。别和那人说话。"

苏菲会讲英语、德语和索马里语。她转过身,一脸阳光地对我说:"他想知道你会不会说英语。"苏菲朝那人摇了摇头。那人又说了些什么,苏菲翻译道:"他要问你个问题。"

"你告诉他,我不会和他说话的。"我负气回答,头一拧,根本不看他。"你要他快走,要他……"我没把话说完,因为苏菲的好朋友正是那人的女儿,我话音一落,苏菲就翻译,那小姑娘也听着呢。"别管了。咱们走!"我拉起苏菲的手就走。

这个小插曲发生之后不久,我像往常一样,送苏菲去学校。回到家,刚开始打扫楼上,门铃响了。我往楼下走,可还没走到,姨妈就把门打开了。从栏杆望下去,我简直不敢相信自己的眼睛——是那个马尾巴男人!他肯定跟踪我了。我马上觉得,他会瞎编乱造一通,向姨妈告刁状,说我做错了什么事——什么我跟他调情啊,跟他上过床啊,或者他抓住我偷东西之类的。姨妈用流利的英语对他说:"你是谁?"

"我叫马尔科姆·费尔柴尔德,抱歉打扰了。可以和你说几句话吗?"

"你要说什么?"姨妈诧异不已。

我头晕目眩,转身上楼,不知他会和姨妈讲些什么,可刚过几秒钟就听到门砰地一声关上了。我赶忙冲到楼下的起居室,玛瑞姆姨妈正气冲冲地往厨房走。

"姨妈,他是什么人?"

“我不知道——他说他一直跟着你，想和你说话，还说想拍你的照片之类的蠢话。”姨妈紧紧地盯着我。

“姨妈，不是我要他来的。我没跟他讲过话。”

“我自然知道！所以他今天才找上门来！”姨妈大步从我身边走过。“回去干活——不用担心。我把他打发走了。”姨妈不肯跟我细讲他们到底说了些什么，还那样一脸的愤怒厌恶，我想当然以为那人想拍什么色情照片。我吓了个半死，再也不敢提起这件事。

从那天开始，我每次在万灵教会学校见到他，他再也没跟我搭过话，只是礼貌地一笑，然后走开。直到一天我接苏菲放学，他走到我面前，递给我一张名片。我很紧张，虽然接过了名片放进口袋里，但目光一刻也没敢从他脸上移开。他转身走了，我还一直盯着他的背影，用索马里语咒骂着：“快滚，你这恶心的混蛋——猪猡！”

回到家，我飞奔上楼。家里所有的小孩都睡在顶楼，那里是我们的乐园，没有大人管。我跑进巴斯玛的房间，她一如既往在看书。“巴斯玛，你看，”我把名片从口袋里摸出来，“记得我跟你说过有个男人一直缠着我，还跟着上家里来了吗？喏，这是他今天塞给我的名片。上面写的什么？”

“他是个摄影师。”

“哪种摄影师？”

“就是拍照片的呗。”

“那他到底拍什么样的照片？”

“上面写的是‘时尚摄影师’。”

“时尚摄影师，”我慢慢地吐出每一个字，“他是不是拍衣服照片的？拍我穿着那些衣服的照片？”

"华莉丝,我不知道。"巴斯玛叹了一口气,"我真的不知道。"我知道我打搅她了,知道她迫不及待地想重新一头栽进书里,于是站起身,拿着名片走了。我把这张卡片藏在自己屋子里,心底有个小小的声音,告诉我要好好留着它。

巴斯玛是我唯一的顾问,无论什么事,她总愿意向我伸出援手。令我最感激的是,在她哥哥哈吉的事情上,她给了我建议。

哈吉二十四岁,是姨父的二儿子,大家都说他非常聪明。他和阿卜杜拉舅舅一样,也在伦敦上大学。从到伦敦的第一天起,哈吉对我一直很友善。有时我正在楼上打扫卫生,他会问:"喂,华莉丝,洗手间你做完了吗?"

"还没有,"我回答,"不过你要用就用吧,我等会儿去打扫。"

"啊,不是……我是想问你要不要帮忙。"他这么说。有时,他会问我:"我去拿点喝的。你要不要什么?"表兄这么关心我,我挺开心。我们常常聊天,互相开玩笑。

好几次,我一开洗手间的门刚要走出去,他正在门边,不让我过。我往左,他也往左,我向右,他也向右。我作势要推他,骂着:"快走开,你个讨厌鬼!"他就大笑。这些小插曲不断重复。我告诉自己这些玩笑无伤大雅,可心里还是很困惑。他的行为后面藏着些什么东西,令我紧张不安。他看着我时,神情很奇怪,仿佛在做梦一般,离我站得也太靠近了些。可每次心里发毛时,我总提醒自己:不许瞎想,华莉丝。哈吉是你哥哥。你想得太多了,太神经质了。

然而一天,我拎着水桶和抹布刚要迈出洗手间,一打开门,哈吉站在外头。他握住我的胳膊，一把拉过我，他的脸和我的脸只隔一线。我紧张地干笑："你干什么？"

"喔——没什么，没什么。"他立刻松开我。我拿起水桶，走到下一间房里，装得轻松无谓，仿佛什么都没发生。可心里七上八下，从那一刻起，我不再怀疑——我确定了，他就是在动坏脑筋。

第二天夜里，我正在房里睡觉，表妹舒克琳也睡着了。但我睡觉从来警醒，凌晨三点左右，我听到有人上楼。应该是哈吉，他的房间隔过厅正对着我的房间。哈吉刚刚到家，爬楼梯爬得跌跌撞撞，肯定喝醉了。晚归还喝醉——姨父家里绝不姑息这种行为。家里人都是虔诚的穆斯林，什么酒都不能喝。哈吉大概觉得自己已长大成人，可以为所欲为，尝点酒也无妨。

门轻轻开了，我一动不敢动。房里的两张床都放置在高台上，进了门要上台阶。我瞥见哈吉蹑手蹑脚走上台阶，小心不吵醒就睡在门旁边的小表妹。可他踏空了一步，摔倒了，便一路爬到我床边。借着他身后窗户里透出的光，我看到他勾着脖子窥视黑暗中我的脸庞。"喂，华莉丝，"他轻声唤着，"华莉丝……"他的呼吸里全是酒气，我更确定他醉了。但我还是僵直地躺在床上装睡。哈吉伸出手，在枕头上摸来摸去，想触到我的脸。"天哪，不要！"我在心里说。我装成做梦，啪地一翻身，还故意大声"哈呜"打呼噜，想弄出动静吵醒舒克琳。哈吉吓得不敢妄动，飞快抽身跑了出去。

第二天，我去找巴斯玛。"有事跟你说。"看到我惊惶的样子，她知道这次我不是闲得无聊才来找她聊天。

"进来吧，把门带上。"

"这个事和你哥哥有关系。"我深吸一口气，不知到底如何开口，只能祈祷她相信我。

“他怎么了?”巴斯玛警觉地问。

“昨晚他到我的房间里来了。凌晨三点,漆黑一片的时候。”

“他干吗了?”

“他想摸我的脸。还叫了我的名字。”

“天哪,不会吧!你确定不是做梦?”

“当然不是!我知道他平时怎么看着我的!旁边没人时,他看着我的那副样子!我该怎么办?”

“见鬼!真是见鬼!去找一根板球棒放到床底下,扫帚也行。嗯,不——你去厨房拿擀面杖来,藏到床底下,他要再敢半夜三更进你的房间,你就狠打他的头!还有,”巴斯玛加了一句,“你要喊出声!死命地喊!把所有人都吵起来!”谢天谢地,巴斯玛站在我一边。

我祈祷了一整天:“别让我做这么可怕的事情。神啊,你让他千万别再来了!”我不想惹麻烦,担心哈吉会向他的父母编出一派谎言,为自己开脱,担心姨父姨母会把我赶出门。我只祈求哈吉不要再骚扰我了——不要跟我嬉闹,不要半夜来我房间,不要占我便宜——再这样下去一定会出大乱子。本能告诉我,假如祈祷不应验,我必须做好战斗准备。

那天晚上,我偷偷溜进厨房,拿了根擀面杖,藏到床底下。等表妹睡着了,我把它拿出来,放到身旁,一刻也不放开。和头天晚上一样,哈吉凌晨三点左右,蹿进我的房间。他在门口稍停了一下,我瞥到走廊的灯光在他的眼镜上一闪。我睁开一只眼,静静观察他的行动。他摸到我的枕边,轻轻地拍我的胳膊。呼吸里的威士忌气味浓得令人作呕。我忍着,纹丝不动。哈吉跪在地上,在被单上摸来摸去,终于找到了被子的缝隙。他把手伸进来,摸索我的腿。手掌一路往上,朝着我的内裤摸去。

我必须打碎他的眼镜！我想,这样至少能证明他的确来过！我握紧了擀面杖,抡起来,用尽全力,照着他的脸狠击过去。他重重摔到地上,我尖叫起来:“滚出去！你个混蛋,给我滚出去!”

舒克琳从床上坐了起来,喊着:“怎么回事?”几秒钟后,跑动的脚步声从家里的各个角落传来。我把哈吉的眼镜打碎了,他看不见路,只得手脚并用,一路往回爬。爬回自己房间里,他衣服也没来得及脱,赶紧往床上一躺,装睡。

巴斯玛走进来,打开灯。她当然早知道了,可装作蒙在鼓里:“怎么回事?”

舒克琳回答:“哈吉刚才在这里,在地上爬呢!”

玛瑞姆姨妈走进来,身上披着睡袍。我大喊:“姨妈！他刚才跑到我房里了！他昨天也来了！我打了他!”我指着床旁边哈吉眼镜的碎片。

“嘘!”姨妈严厉地说。“我不想听这些。现在别说了。所有人都回房去。去睡觉!”

1995 年，华莉丝和赫布 · 里茨拍摄期间留影，美国亚利桑那沙漠。

1996 年，华莉丝在墨西哥丛林拍摄宣传照。

Chapter 10

■ 终于自由 ■

那晚我用擀面杖揍了哈吉，家里人绝口不提此事。我几乎都要以为那一夜只是做了场噩梦，然而，现实确实发生了翻天覆地的变化——我每每在走廊碰到哈吉，他看我的眼神不再带有渴望，欲念完全被赤裸裸的仇恨取代。感谢上天，实现了我的祈祷，生命中这困扰的一章终于画上句号。然而，新的忧虑很快占领了我的生活。

姨父莫哈默德宣布，几周后，全家得回到索马里去。大使的四年任期即将结束，我们该回家了。刚到伦敦时，我曾觉得四年的时间长得好像永远过不完，现在，居然已经到头了?！然而，我并不怎么想回索马里。每个能到英国这样富裕国家的非洲人，都做着衣锦还乡的美梦。我也不例外。在索马里那样的贫困国家，人人都拼命寻找出路，削尖脑袋朝沙特阿拉伯、欧洲或美国钻，想在那里赚钱，帮困窘的家人一把。

现在，我快回家了。虽然在国外待了四年，仍然一无所有。回去之后，我能说自己成就了什么？告诉妈妈我会做意大利面条？在大漠里骑着骆驼四处流浪的时候，哪里有什么意大利面条？看都没得看。告诉爸爸我学会了刷马桶？他只会回答：“啥？马桶是啥玩意?”只有钱——现金,这玩意儿爸爸清楚得很。钱是全球通用语言。我们一家从来没什么钱。

姨妈姨父一切就绪,准备踏上归途时,我千省万省,手头也攒了点小钱,尽管女佣的薪水少得可怜。但我的梦想是要赚足够的钱,给妈妈买一座房子,让她不用再四处迁徙,为生计辛苦奔波。这个梦想并非不可企及,考虑到汇率,花几千美金就可以在索马里买一栋房子了。自己既然已经到了英国,就应该待下去,接着挣钱,实现这个目标。一旦回了索马里,我肯定没法再回英国。怎么才能留下来呢?我不清楚。可相信只要获得自由,不用再像个奴隶一般地为姨妈姨父打工,生活一定会变好。姨妈姨父却不这么想。“你留在这儿到底能干吗?”姨妈大声说,“十八岁的姑娘,又没地方住,又没钱,没工作,没有打工许可,连英文都不会!荒唐!你必须和我们回去。”

离启程还有好久,姨父就提醒我们,一定要记得出发的日子,还必须收好护照。那是当然。我立马拿了护照,去厨房找了个塑料袋,把它装好,埋到了花园里。

去摩加迪沙的航班起飞前一天,我宣布找不到护照了。我的算盘很简单——没有护照,家人就没法带我回去。姨父觉察其中有鬼,不断地问:“华莉丝,你把护照放到哪了?你去过什么地方,是不是把护照落在那儿了?”姨父这是明知故问,我这四年都待在家,几乎没怎么出过门。

“不知道——也许打扫卫生的时候不小心给扔了。”我一脸严肃地回答。姨父仍是大使,只要他有心就能帮我。我一直希望,姨父看到我如此渴望留在伦敦,便不会强迫我回去,也许还会帮我拿到签证。

“那现在我们拿你怎么办，华莉丝？总不能把你丢下不管吧！”我让他左右为难，姨父大发雷霆。往下的24小时，就是我和他的神经拉锯战，看谁会忍不住先软弱。我说找不到护照，死不改口。姨父则坚持说他没法帮我。

姨妈倒有另一个点子：“我们把你绑起来，放到包里，偷偷带上飞机好了！好多人都这么干。”

这句威胁让我警觉起来。“如果你这么做，”我一字一句地说，“我永远、永远不会原谅你。姨妈，你就让我留下来吧。不会有事的。”

“是，是，不会有事。”姨妈语带讥讽，“不，不，你肯定会有事。”看得出来，姨妈确实担心我，可她会不会助我一臂之力呢？她在伦敦朋友很多，姨父在使馆的关系也很深厚。他俩随便打个电话，就能给我一根在伦敦的救命稻草。但我清楚，只要他们觉得能逼我跟他们回去，就不会帮我。

第二天早上，四层楼忙成一团。每个人都在收拾行李，电话响个不停，人们跑进跑出。我在顶层的阁楼，把自己在英国攒的零碎财产装进便宜的手提袋里。那些别人穿剩下给我的衣服，我大部分都扔进了垃圾箱，它们太难看，太老气。带那些垃圾上路干吗？我骨子里还是游牧女，宁可一身轻。

中午十一点，大家到起居室集合，司机把行李一件件放上车。我站着，瞬间回想起到达这里的那天——和现在的离别何其相似！

司机——大车——走进房间——看到白沙发和壁炉——第一次跟姨妈照面。那个灰蒙蒙的清早，我生平第一次看见下雪。当时，这个国家的一切都如此奇异陌生。我陪着焦虑不安的姨妈走到外面，汽车旁边。姨妈说："我怎么跟你妈交代啊？"

"告诉她我很好，我很快会和她联系的。"姨妈摇摇头，坐上车。我站在路边，朝每个人挥手告别。车开动了，我走到街心，看着它渐渐驶出视线。

坦白说，我很害怕。这一刻之前，我并不真心相信他们会把我一个人撇下。而站在哈利街上，我的的确确就是一个人。我不怨姨妈、姨父，他们是我的家人，把我带到伦敦，给了我机会。为此，我会永远感激。我猜，他们走时大概这么想："你不是想留下来吗——机会到了。你自己去闯吧，想干吗就干吗去。我们可不会帮你，不会让你日子好过。你应该和我们一起回索马里。"一个年轻女孩子无人照看，独自待在英国，肯定让他们觉得丢脸。不过说到底，我得自己做决定。既然下决心要留下来，从现在开始，我必须掌控自己的命运。

内心一片慌乱，我走回房子里面，把门关好，进了厨房。家里现在只剩一个人——"老朋友"厨子。他见我的第一句话就是："你今天必须搬走。这房子里只能留我一个人，你必须走。"他指着大门说。姨父才刚走，厨子就等不及爬到我头上作威作福了。他一脸得色，能对我指手画脚，他无比享受。我靠着门，觉得人一走，房子里变得好安静。"华莉丝，你该走了。我不要你待在这儿……"

"你闭嘴吧！"这男人就像一条叫个没完的狗一样讨人厌。

“我就走。回来拿包的。”

“快去拿啊——快去,快去!我还要——”他语音未落,我已经上楼了,根本不想理会他的聒噪。一家之主走了,在新大使到来之前,厨子主管这所房子。我走过空荡荡的房间,回忆在这里尝过的酸甜苦辣,思索着自己下一个家会在何方。

从床上抓起包裹,背到肩上,走下四层楼,迈出门去。和来的那天不一样,今天阳光灿烂,天空湛蓝,空气清新,仿佛春天已经到来。我用一块石头从小花园的地下挖出护照,把它从塑料袋里取出,塞进包袱里。拍拍手上的泥土,我迈上大街。笑意不自觉地浮上嘴角——终于自由了!生命铺展在我面前,没有非去不可的地方,没有非见不可的人。然而我有感觉,一切都会好起来的。

去的第一站离姨父家不远:索马里大使馆。我敲敲门。守门的跟我们一家很熟,他偶尔会给姨父开车。“嗨!大小姐。你怎么来了?法拉先生还没走吗?”

“不,他走了。我想见安娜。想在大使馆找个工作。”看门的笑了,往椅子上一坐,手放到头后面,把椅子翘起来靠在墙上,完全不像要动的样子。我站在门厅中央,迷惑不解。他以前对我都很礼貌,为什么现在这个态度?我明白了,姨父一走,他和厨子一样,立马翻脸不认人。姨父不在,我算老几?这些混蛋们等不及要让我碰钉子。

看门的一脸坏笑:“安娜太忙了,没空见你。”

“喂,”我斩钉截铁地说,“我要见她。”安娜是姨父的秘书,对我一直很和气。幸运的是,她在办公室里听到了我的声音,走了出来。

“华莉丝！你来干什么？”

“你知道，我不愿和姨父一起回索马里，”我解释道，“我就是不想回去。所以现在不能继续住在那栋房子里了。你认不认识什么人，可以给我份工作的？什么工作都行。我什么都愿意干。”

安娜扬起眉毛：“亲爱的——这也太仓促了。你住在哪儿？”

“噢，还不知道呢。你不用担心。”

“有没有个电话号码，不然我怎么找你？”

“没有，我还不知道自己会住哪儿。今晚我先去找个便宜旅馆。”我知道安娜的公寓很小，不然她肯定会让我跟她住。“我会回来找你，把号码给你的。要是有什么差事，你告诉我吧。”

“好。华莉丝，照顾好自己——你确定不会有事？”

“嗯，没事的。”眼角的余光瞥到，看门的一直在傻笑。“谢谢。我回头来找你。”

松了一口气，我从使馆出来，走到阳光底下，决定去买衣裳。找到下一份工作前，只能指望辛苦攒的那点薪水过活，但我现在是都会女性，必须给自己买点漂亮衣服。一条新裙子肯定能让我心情飞扬。我往牛津广场的大商店走去。刚到伦敦时，我和巴斯玛去过那里。我当时没有冬衣，姨妈让我们一起去买。老实说，那时除了在飞机上穿的那一身和仅剩了一只的皮凉鞋，我什么衣服也没有。

赛尔夫瑞基商场里，琳琅满目的衣服令我眼花缭乱。想在这儿待多久，想试什么颜色、式样、尺寸的衣服，都随我愿——这感觉令我陶醉。这辈子头一回,我的生活我做主。没有人叫嚷着,指挥我去给羊挤奶、给宝宝喂饭,去泡茶、擦地板、刷马桶。

往下的几个小时,在两个营业员的帮助下,我拼命"工作"。用少得可怜的一点英语,打着手势,我告诉她们这件太短,那件太长,这件太松垮,那件太灰暗。一番忙乱之后,试衣间外头的衣服堆成了小山,一位营业员笑着对我说:"亲爱的,你到底打算买哪件?"

选择这么多,无从下手。这时我又开始紧张——也许这条购物街上的下一个商场,会有更好的东西呢?出手花掉珍贵的英镑前,可得先看好了。我礼貌地回答:"今天不买什么了。谢谢你。"那两个可怜的营业员,怀里抱着一大堆衣服,不可置信地看了我一眼,两个人脸上都浮现出嫌恶。昂首走过她们身边,继续踏上漫漫征途——我要把牛津街的每一寸都细细扫荡一遍。

去了好几个地方,我还是两手空空。其实,一直以来,我都觉得试衣服比买衣服更好玩。走出一家店,走进一家店,阳光正逐渐消失,冬夜即将来临,我还没找到住的地方。虽这么想着,我又进了下一家店铺,看到一个高个子的非洲美人,正细细翻检展示台上的毛衣。她看上去是索马里人,我观察了她一会,思索如何跟她搭话。拿起一件毛衣,我朝她笑笑,用索马里语说:"我想买件衣服,但就是下不了决心。今天实在看过太多衣服了!"

我们聊上了,她说自己叫哈乌。她人很友善,爱笑。"你住在哪,华莉丝?你是做什么的?"

"说来好笑。你肯定觉得我疯了,我没地方住,家人今天都离开我回索马里去了。"她眼里浮现出同情。后来我才知道,她也经历过很多磨难。

“你不想回索马里去吧？”话不用挑明，我们有默契——是的，虽然想家，但在索马里等待我们的会是什么？被拿来换骆驼？成为某个男人的财产？每天为苟延残喘而拼死干活？

“不想。不过，我在伦敦也一无所有。”我回答。“我姨父以前是大使，但现在他走了，要来新大使。所以，今天早上，我被赶出门，现在还不知道该去哪儿。”我笑笑。

哈乌挥挥手，让我不要说了，仿佛她这一挥，就能扫去我所有的困难。“嗨，我住在附近的基督教青年会里面。房子不大，不过你过来挤一晚没问题。只有一间房，你要做饭的话，得去别的楼层。”

“哦，太棒了！真的吗？”

“当然。你想想，不然你打算怎么办？”

我们并肩往她家走。基督教青年会在一幢现代化的高楼里，里面住的基本都是学生。她的房间果然很小，放了一张双人床、一堆书，还有一台漂亮的大电视。“嗷！”我高兴地扬起双手，“我能看电视吗？”

哈乌望着我，好像我是外星人。“哦，可以啊。你开吧。”我扑通一声坐到电视前面的地板上，贪婪地死盯着电视。四年了，我终于可以自由自在地看电视，不会有人冲出来像赶野猫一样把我轰走。哈乌好奇地问：“你在你姨父家从不看电视？”

“开什么玩笑。我有时会溜去瞅一眼，但总被抓到。‘华莉丝，你又偷看电视？’”我学着姨妈不可一世的高傲语气，啪啪打着响指，“‘快回去干活。快去！我们带你到伦敦来可不是让你看电视的。'"

有了哈乌做导师,我在伦敦的"生活大学"从此开始。我们俩成了好朋友。我住在她家一晚、两晚、三晚,又一晚。她建议:"你干吗不在这里找间房呢?"

"钱不够啊。我还得去上学,所以也没时间打工。"我羞涩地问,"你会读会写吗?"

"会。"

"也会讲英语?"

"会。"

"你瞧,我哪样都不会,必须得学。这是头等大事。开始打工,我就没空上学了。"

"你可以打零工,业余读书。不论什么工作,先干着,等学好英语再说。"

"你能帮我吗?"

"当然。"

我想在青年会找间房,可楼已经住满,等候名单上也排着长队。年轻人都想住这里,因为房间便宜,又容易认识人,还有奥运标准的游泳池和健身房。虽然在等候名单上登记了,但我也知道必须找个地方自己住,不能再打扰哈乌了。青年会对面是基督教女青年会,可那里住的都是上年纪的人,气氛压抑。不过我还是临时住下,然后开始找工作。哈乌的提议很有道理:"你干吗不就在这儿找个工作呢?"

“什么意思？在哪儿?”

“就在这儿。”她往外一指，“麦当劳就在隔壁。”

“我不能到那儿干活——我没法做服务员。别忘了，我不会说英语，也不识字，连工作许可也没有。”然而哈乌自有她的关系，我听取了她的建议，去了麦当劳，申请了一份工作，在厨房擦地板。

开始在麦当劳打工，我才发现哈乌是对的——在后台工作的全是跟我一样的非法移民。管理者抓住这一点，拼命剥削。他们知道，身份不合法的外国人，要想待在英国，必须避开政府。所以就算餐馆不给我们法定的工资和福利，也没人敢去投诉。只要工作卖力，你是什么背景，管理者根本不在乎，他们对一切都保持缄默。

当女仆时学的技艺，正好在厨房里的职业生涯派上用场——洗盘子、擦桌子、刷烤架、拖地板，尽可能地抹去汉堡的油腻痕迹。晚上回家时，全身都是油乎乎的，闻起来也一股油味儿。厨房人手永远不足，但我不敢出声抱怨。只要能挣钱养活自己，一切都无所谓。能找到这份工作我就很知足了，而且我知道自己不会在这里干一辈子。现在，只要能活下来，干什么我都愿意。

空闲时间，我到给外国人开办的免费学校，学习英语读写。不过，这么多年来，我的生活除了工作外，第一次有了娱乐。哈乌有时会带我去夜店。那里的人好像个个都认识她。她有说有笑，特别幽默，总那么活泼，所有人都想待在她身边。一天晚上，我们出去玩，忘情地跳舞好几个小时，我一抬头，才发现周围全是男人。“见鬼!”我小声对哈乌说，“这些男人都喜欢我们吗?”

哈乌狡黠地一笑：“对啊。他们都很喜欢我们。”这让我吃了一惊。一个个看过他们的脸，我觉得哈乌说的有理。我从没交过男朋友，也只有表兄哈吉那种变态向我表示过兴趣——这种桃花运不要也罢。过去的四年里，我把自己当作无名小姐——不过女佣罢了。现在却有这么多男人排着队想邀我们跳舞。我对自己说："华莉丝，你终于也有这一天啊！"

奇怪的是，虽然我喜欢黑皮肤男人，但对我兴趣盎然的却都是白种男人。尽管在非洲长大，一贯拘谨，我还是逼着自己，努力和每个人攀谈，无论男女，无论肤色。既然得一个人活下去，就非掌握一些生存技能不可。这个新的世界，和我出生长大的沙漠截然不同。在这里，我必须学英语，学着跟各种各样的人打交道。光知道怎么养骆驼、养山羊，在伦敦我活不下去。

夜店狂欢之后的第二天，哈乌总会给我"补课"。我们遇到的每一个人，想法如何，个性如何，她一一道来，"集中培训"我对人性的了解。她给我讲了很多性方面的事情，那些男人怀有何种动机，何时应该小心，以及我们这样的非洲女子必须面对哪些特殊的问题。在这之前，从没有人跟我说过这些。"华莉丝，尽情开心，和这些男人说笑跳舞都没关系，然后就回家。别让他们把你哄上床。他们不知道你和其他英国女人不一样。他们不知道你受过割礼。"

等了好几个月之后，我终于找到一个女孩，她住在青年会，愿意与人合租。她也是学生，没法一个人承担房租。这是个天大的好消息，我的钱也不够一个人租房子，而且房间很大，住我们两个没问题。住到青年会后，离闺蜜哈乌更近了，还认识了很多人。青年会里熙熙攘攘，住的全是年轻人。我继续上英语课，在麦当劳打工。生活波澜不惊，稳步向前，那时我还不知道，不久生活将翻天覆地。

一天下午，我从麦当劳下班，从头到脚还油乎乎的。正要从前门出去，经过顾客点单的柜台，看到从前总在万灵教会学校碰到的那个男人和他女儿。他们正在等巨无霸汉堡。我快步从他们身边走过，打了个招呼："嗨！"

"啊！是你！"这个男人肯定没想到会在麦当劳碰见我。他热情地说："你好吗？"

"挺好的。"我显摆自己的英语，问苏菲的好朋友，"你好吗？"

她的父亲回答："好。"

"她长得好快啊！嗯，我该走了，再见。"

"等等——你住哪儿？"

"再见。"我笑着回答。我并不信任这个人，不想和他说太多。我可不愿意他又找上门来。

回到青年会宿舍，我决定跟无所不知的哈乌聊聊这个神秘的男人。从抽屉里搜出护照，翻了一通。那天我把护照埋到姨父家的花园之前，曾把马尔科姆·费尔柴尔德的名片夹到里头。

大步下楼，走进哈乌的房间，我说："问你件事。很久以前我拿到过一张名片，你帮我看看，这个人到底是干什么的？我知道上面写的是时尚摄影师，可这是什么意思？"

哈乌从我手上接过名片。“这个人会让你试穿衣服,然后给你拍照片。”

“这活儿我喜欢。”

“他是个什么人?你从哪儿得到名片的?”

“我碰上的,可是觉得他不太信得过。他给了我名片,后来还跟踪我回家,对我姨妈说了些什么。我姨妈大发脾气,朝他嚷嚷了一通。不过,我一直不知道他到底要干什么。”

“要不,你给他打个电话问问?”

“你确定?”我做了个鬼脸,“我真该打这个电话吗?嗳,要不,你陪我一起去找他,你去跟他谈——看看他是怎么回事。我的英文不够好。”

“好吧。你给他打电话吧。”

又花了一天的时间,我才鼓起勇气。哈乌陪我去找投币电话,我的心像敲着鼓点,怦怦直跳。哈乌塞了个硬币进投币口,咔嗒一声。走道里的光线很暗,她一手拿着名片,眯着眼睛分辨数字,一手拨号。然后停了一下。“请找一下马尔科姆·费尔柴尔德。”打了几句招呼,哈乌开门见山,“你可不是什么变态之类的吧?不会害我的朋友?……我们又不认识你——你住在哪儿什么的,我们都不知道……呣,呣……好吧。”她在一张小纸片上记下些东西,我伸长脖子,想越过她的肩膀看看是什么。

我小声问:“他说什么?”哈乌挥挥手,要我别说话。

“好,那就这样……我们说定了。”

哈乌挂了电话,深吸一口气:“他说,‘你们要是不信任我的话,都到我的工作室来吧,看看我工作的地方。要是不愿意来的话——也没事’。”

我紧张得双手握拳,盖住嘴巴:“我们怎么办?”

“见鬼,哼,我们还是去看看吧。到底要搞清楚这个跟着你的人是什么底细。”

Chapter 11

模特生涯

第二天，我和哈乌一道去"考察"马尔科姆·费尔柴尔德的工作室。心里一点底都没有，但打开门的那一刻，我走进了一个新世界。房间四壁挂满了巨幅招贴画，上面都是美丽的女人。在房间里转来转去，看着她们精致的脸孔，我不由轻声发出赞叹。无须思考，我直觉地知道——是的，这就是了，就像那天听莫哈默德姨父说他需要一个女仆带去伦敦一样。这是天赐的良机——我属于这里——这正是我想做的事情。

马尔科姆走过来和我们打招呼。他告诉我们无须紧张，还送了一杯茶来。坐下之后，他指了我一下，对哈乌说："我希望你告诉她，我只想给她拍照片而已。我跟着这个小姑娘已经两年了。拍照还从没这么艰难过。"

我盯着他，下巴都要掉下来了："就是这样？你想给我拍照片——这样的照片？"手一挥，我指向墙上的宣传画。

"对。"马尔科姆用力点头，"相信我，就是拍照而已。"他用手沿着自己的鼻子画了一条线。"我只想拍你的半边脸，"他转头看看哈乌，"她的轮廓实在太美了。"

我坐在那里想：白白浪费了这么多时间！他跟着我跑了两年，

却只用两秒，就说清了其实只想拍我的照片。“行，我愿意让你拍。”然而，想起过去单独和男人共处时的那些梦魇，我突然警醒：“但她必须在场。”我把手放到哈乌胳膊上，哈乌点点头。“你拍照片时，她必须在场。”

马尔科姆迷惑不解地看着我。“行，好吧。她来也可以……”我已经激动得坐不住了。“你们后天上午十点过来吧。我会请化妆师给你化妆。”

两天后，我们回到马尔科姆的工作室。化妆师让我坐下，开始在我脸上涂涂画画——棉球、刷子、海绵、面霜、腮红、粉底一起上阵，一会儿用手指戳戳我，一会儿又拉起我的皮肤。虽不知道她到底在捣鼓什么，我一言不发地坐着，任凭她用这些稀奇古怪的东西摆布我的脸。哈乌靠着椅背坐着，一直在笑。偶尔朝她一看，我耸耸肩或扮个鬼脸。“别动。”化妆师命令道。

“现在——”她朝后退了一步，一只手放到腰后，满意地看着我，“你照照镜子。”我站起身，瞪大了眼睛。镜子里头的我，半边脸庞彻底变了，散发着金色的光泽，妆容柔润亮彩。另外半边脸，还是那个平凡的华莉丝。

“哇！变化太大了！但你为什么只化了半张脸?”我警觉地问。

“因为他只打算拍你半张脸。”

“哦……”

化妆师带我走进工作室。马尔科姆安排我在一把高背转椅上坐下。我扭来扭去，四下张望着散布在黑暗房间里的陌生物体：大画幅相机、各种照明灯、电池，还有蛇一般蜿蜒盘旋的电线。马尔科姆把我转到相机前，让我的半边脸侧对着镜头。“好，华莉丝，把嘴闭上，笔直往前看。抬起下巴。就这样……很美——”咔哒一声之后，砰地巨响，我吓了一大跳。照明灯亮了，眩光一闪而过。镁光灯下，我觉得自己变成了另外一个人。那一刻，我想象自己成了电视上的明星，正走下豪华轿车，即将踏上首映式的红毯，朝四周的相机微笑。之后，马尔科姆从相机中取出一张纸，坐下低头看表。

“你干什么呢？”我问。

“计时。”马尔科姆扬扬手，让我走到光亮的地方来，把纸片上面的一层揭掉。在我的注视下，一个女人的头像魔法般地慢慢浮现到胶片上。马尔科姆把拍立得的胶片递给我，我几乎认不出自己了。照片上是我的右脸，可我不是女仆华莉丝，而是模特儿华莉丝。化妆师和马尔科姆一道，把我点化成了前厅里招贴画上美艳夺目的尤物。

那一周里，马尔科姆把底片冲洗了出来，展示给我看。他把胶片放到幻灯机上，我看得入了迷。我问他能不能再给我拍些照片。马尔科姆说这太贵了，他承受不起。不过他可以把拍好的照片印出来给我。

马尔科姆给我拍过照片的几个月后，往青年会给我打了电话。“喂，我不知道你对做模特儿有没有兴趣，不过有人想找你。一个模特经纪公司在我的作品集里看到了你的照片,要你跟他们打个电话。如果你愿意的话,可以跟这个公司签约,他们会给你找工作。”

“好吧……但你得带我过去……你知道,一个人去我不敢。你能带我去认识一下吗?”

“不,这个不行。不过我可以把地址给你。”他说。

去克劳馥模特经纪公司前,我花了好一番工夫,选好这次重要会面穿的衣服。时值炎热的盛夏,我穿了一条V领的短袖红裙子。裙子不长不短,正好在膝盖左右,让我的腿显得很难看,裙子本身也丑得要命。

穿着这么一条廉价的红裙子和一双白球鞋,我走进经纪公司,对自己说:“机会真的到了!我要一鸣惊人了!”实际上,我看起来一团糟。尽管现在回想起那时的场景总尴尬不已,可幸亏当年我没意识到自己多难看,因为穿的那一身,就是我最好的衣服了。那时的我可没钱给自己买新行头。

经纪公司的前台问我有没有拍过照片,我说拍过一张。前台领着我去找另外一位女士——维罗妮卡。她高贵美丽,穿着典雅。她让我到她的办公室里去,示意我坐到写字台对面。

“你多大了,华莉丝?”

“我还小!”脑海里浮现的第一句话,我脱口而出。“真的——我还年轻呢。这些皱纹——”我指指自己的眼睛,“生下来就有。”

维罗妮卡对我笑笑。“没关系。”她用笔记下我的答案,填到表格里去。“你住在哪里?”

“哦,青年会。”

“什么……”她皱皱眉头,“哪里?”

“基督教青年会。”

“你工作吗?”

“是的。”

“做什么?”

“在麦当劳打工。”

“哦……你知道模特儿是干什么的吗?”

“知道。”

“你知道些什么——很了解这个职业吗?”

“不。我知道我想做这一行。”为了强调,这一句话我重复了好几遍。

“OK。你有作品集吗?照片集?”

“没有。”

“你有家人在这儿吗?”

“没有。”

“你家人在哪?”

“非洲。”

“你是非洲人?”

“对,索马里人。”

“这里没有家人?”

“没有,一个家人也没有。”

“是这样,现在正有一个试镜,你过去吧。”

听她说话本来就吃力,她最后这一句我不明白,想了一下:“对不起,我没听懂。”

“试——镜——”她慢慢地说。

“试镜是什么?”

“就是面试——你找工作时,别人也要面试你的吧?面试,你懂吗?”

“嗯,嗯。”我装作明白了,其实根本不知道她在说什么。维罗妮卡把地址给我,让我马上出发。

“我会给他们打电话,告诉他们你已经上路了。你有钱打车吗?”

“没有。我走路去吧。”

“不行,不行——太远了。太远了。你得打车去。出租车,明白吗?

“这是十英镑。试镜结束后,你给我打电话。”

我兴高采烈地坐在出租车里,往城市的另一头赶:哦,哦,哦,我已经上路了,我就要做模特儿了。然后才想起来,我忘了问维罗妮卡这是一份什么工作。嗨,管他呢。肯定没问题,我可是个大美人!

到了试镜地点。这也是个摄影师的工作室。我推开门——里面全是职业模特儿。每个房间里都挤满了美人,腿长得仿佛长到了脖子底下。她们高傲地走来走去,如同包围了猎物的母狮子,有的在镜子前头梳妆打扮,有的弯下腰甩动着长发,还有的正在往腿上涂美黑膏。我快步走进去,问坐在旁边的一个女孩:“这是什么活儿?”

“倍耐力月历。”

“唔……”我像行内人般点点头，“扑赖力月历啊。谢谢。”扑赖力月历——什么鬼东西？我紧张得要疯了，坐也不是，站也不是，两腿一下交叠，一下张开，在椅子上扭来扭去，直到一个助理出来说，下一个轮到我。我一下子僵了。

我转过身，推了旁边的女孩一把：“你先去。我要等朋友。”每次那个助理出来的时候，我都这样。渐渐的，工作室里人越来越少，所有人都回家去了。

终于，那位女助理走出来，疲倦地倚在墙边，对我说：“快去吧。现在该你了。”我盯着她，想了一会儿，对自己说：闹够了，华莉丝。你到底有没有这胆子？去，起来！去干活！

我跟着她走进影棚。一个男人头伸在照相机后头，喊道：“去那边。那边有标记。”他用手一指。

“标记？”

“对。站到标记上。”

“喔，好，我站好了。”

“OK。把上衣脱了。”

我想，肯定听错了，可吓得都快吐了。“上衣？你说衣服？”

那人从照相机后头的帘子里探出头，望着我，好像望着个白痴。他极不耐烦地说：“对。把上衣脱掉。你干吗来的？”

“但，我没穿胸罩啊。”

“这就对了。我们要看你的胸。”

“不行！”什么鬼工作啊——要看我的胸！我根本没穿上衣，穿的是连衣裙。这个变态以为我会乖乖就范，把衣服脱掉，光穿着内裤和球鞋站在那里给他看吗?

"'不行'?你说不行?很多人想来试镜都来不了,你跟我说不行?"

"不,不行。对不起。错了,错了,我错了。"惊慌失措的我赶紧往门口走。不小心撞翻了一沓拍立得照片,掉得满地都是,我弓下腰细看。

摄影师瞠目结舌地望着我,然后转过身,朝后头喊:"特伦斯,我们遇到了点小麻烦。"

一个身材壮硕、下巴红润的白发男子走进来,好奇地看着我,微微一笑:"啊,怎么回事?"

我站起身,眼泪涌上来。"不。我没办法。这我做不了。"我指着一张照片说。照片里的女子上身赤裸。一开始只感到失望——我那么激动,以为做模特儿的大梦就要变成现实。面试的第一个工作,他们就要我脱衣服!然后我生气了——狂怒——用索马里语朝他们大声叫骂:"你们这些脏猪猡男人!狗屎!猪猡!我才不要你们的狗屁工作!"

"你说什么?嘿,现在我手头很忙,没时间——"而这时我已经撒腿往门外跑去,几乎把门给撞掉了。回家的路上,我一路哭。我就知道模特儿这行,肯定会让我难过,肯定藏着些恶心事。

当天晚上,我躺在床上,难过得不能自已。室友对我说:"华莉丝,你的电话。"

是经纪公司的维罗妮卡。我朝电话里大喊:"是你!我不想跟你们这些人说话！你……你让我丢……丢……”本想说丢脸的，可我吐不出来这个词。“太糟了。太恶心了！我不干！我不干！我不想跟你说话！”

“好好，你先镇静一下，华莉丝。你知道今天那人是谁吗，那个摄影师？”

“不知道。”

“听说过特伦斯·多诺万吗？”

“没有。”

“你有没有朋友会说英语的？”

“有。”

“会说英语的人，一定知道特伦斯·多诺万。等会挂了电话，你去问问。多诺万先生拍过皇室，拍过戴安娜王妃，拍过所有的大牌超模。他还想再见见你，想拍你。”

“他要我把上衣脱了！你之前都没告诉我！”

“我知道——当时没来得及。我觉得这份工作很适合你。我跟多诺万先生说了，你不会讲英语，脱衣服也有悖你的文化。但这个活是倍耐力月历啊！你接了这份工作，以后的活会源源不断。你买不买时尚杂志，比如《服饰与美容》《世界时装之苑》？”

“没买过，买不起。我会在报刊亭翻翻，然后放回去。”

“哦。但你看过的吧？以后你做的就是这样的工作。要是想当模特儿，你就需要接这次的活。以后你会挣大钱，想干吗就干吗。”

“我不脱衣服。”

我听到维罗妮卡叹气:“华莉丝,你在哪里上班来着?”

“麦当劳。”

“他们给你多少钱?”

我告诉她。

“是这样,多诺万会给你一千五百镑一天。”

“都是我的? 都是我的?”

“对。你还可以去旅行。这次拍摄在巴斯。我不知道你去过没有,那里很美。住在美仑酒店。”她加了一句。其实,我才不知道美仑酒店是什么。“你到底想不想接这个活?”

我已经被她说服了。一天就能挣这么多,那我很快就能给妈妈寄钱了。“好,好! 我什么时候回去找他?”

“明天一早怎么样?”

“我只要把上衣脱了就行? 一千五百镑,你确定我不用跟他上床什么的?”

“不,不用。我不会骗你的。没那种事。”

“那……他会不会要我分开腿什么的? 如果会的话,你现在就得告诉我。”

“只要把上衣脱了就行。不过明天他只用拍立得试镜,之后会告诉你是否被录用。别乱发脾气……”

第二天回到影棚,多诺万看了我一眼,笑起来。“是你啊。过来吧。你叫什么?”从那一刻起,他很耐心。特伦斯是做父亲的人,知道我不过是个受惊的孩子,需要帮助。他给我泡了茶,把作品展示给我看，照片上全是世界级的大美女。“好，我带你去看照片。跟我过来吧。”他带我走进另一个房间，里面全是架子和柜子，一本月历放在桌上。他翻开月历，每一页上头都有一个不同的美人，每一个都美得令人不敢直视。“你看，这是去年的倍耐力月历。每年都是我负责拍摄。但今年不同往常——今年的模特全是非洲人。有些照片穿衣服，有些不穿。”整个流程有哪些步骤，多诺万先生给我讲得一清二楚。我放松了，他并不是个肮脏的下流老头。他问：“OK，我们现在试镜。你准备好了吗？”

其实，维罗妮卡在电话里一告诉我能挣多少钱，我就已经准备好了。现在我不仅做好了准备，更放松下来。“是的，好了。”从这一秒开始，我绝对专业。站到标记上，唰地把上衣一脱，我满怀信心地直视镜头。太棒了！多诺万先生把照片递给我。这是一张黑白照片，简单而直白——一点也不猥亵下流。照片勾起了我对家的回忆。照片里的我，那个大漠中长大的小女孩，在炎热的阳光下，赤裸着上身。

晚上回到家，我收到经纪公司的留言，说我被录用了，下周就去巴斯。维罗妮卡把她家里的电话留给我。我打过去，告诉她下周麦当劳给我排了班，走不开，因为不知道什么时候才能拿到当模特的钱。但维罗妮卡向我伸出援手，说需要钱的话，她可以给我预支一些。

从那以后，我再也没踏进过麦当劳的大门。挂了电话，我高兴得在青年会的大楼里乱跑。只要有人愿意听，我就一股脑地把这件喜事倒给他们。哈乌说：“嘿，天哪，你别炫啦！你要把奶子给人看的，是不是？”

“是啊，可以赚一千五百镑！”

“这么两个小东西，一千五百镑？你好意思吗？”她大笑。

“不，不是这样的！这个工作真的很好，不是那些恶心事……我们要去巴斯，还会住在一个大酒店里。”

“我可不想听——你别在楼里到处嚷嚷了行不行？”

临走前一晚，我辗转反侧，无法入眠，迫不及待盼望黎明早些到来。打点好的包袱早就放在门口。我仍觉得难以置信——什么地方都没去过的我，现在出门还有钱赚！特伦斯·多诺万派了一辆豪华轿车，送我去伦敦维多利亚火车站。整个团队——摄影师、助理、艺术指导、其他四位模特儿、化妆师、发型师，还有我——在车站集合，坐火车去巴斯。担心误了火车，我第一个到车站。第二个到车站的是娜奥米·坎贝尔①。

到了巴斯，我们入住美仑酒店，这里富丽堂皇，如同宫殿。居然能一个人住一个大房间，我惊讶无比。第一天晚上，娜奥米到房间来找我，问能不能跟我一起睡。她那时还小，十六七岁吧，人也很甜。她不敢一个人睡。我一口答应，我也喜欢有人陪着。她说：“别告诉其他人，好吗？房间那么贵，没有人睡，白花钱，他们知道了肯定要生气的。”

“别担心——你就睡我这儿吧。”照顾弟弟妹妹那么多年，我当妈妈可拿手了。朋友们都叫我“妈妈”，因为我就喜欢照顾人。

① 娜奥米·坎贝尔(Naomi Campbell)：人称“黑珍珠”，著名黑人超模。

“我不会告诉他们的,娜奥米。”

第二天早上,工作开始了。两个女孩先化妆做头发,在摄影师拍摄她们的当口,另外两个做准备。发型师第一次给我做头发时,我要他把所有头发都剪掉。那时我刚从麦当劳洗手不干,身上还有不少肉,作为模特,算肉感的了。所以,我想剪短发,让自己看起来更时尚。发型师剪啊剪,最后头上只剩下两厘米的发茬子。大家都惊叹:“真是大不一样。”可我决定要惊掉所有人的下巴,便对发型师说:“你知道我打算怎么办吗?我要把头发染成金色。”

“天哪!不,我可不干。那你看上去会像个女巫——像个疯子!”

娜奥米·坎贝尔笑着说:“华莉丝,知道吗——你肯定会出名。到时可别忘了我。”当然,后来事实正好相反——大红大紫的是她。

这样一连工作了六天,我几乎不能相信自己能挣这么多钱。每天晚上下班后,工作人员问我想干吗,我的回答总是——购物。团队给我派车,我想去哪儿都行,等我买完了又接我回去。拍摄结束后,我的照片被选作封面。这意想不到的荣耀,让我备受关注。

坐火车回到伦敦,我跳上轿车,司机问我要去哪儿。我让他送我去经纪公司。刚走进公司大门,便听到:“喂,知道吗?现在正好又有个试镜要你去——就在旁边。你快点,现在就去。”

我累了,抗议道:“我明天再过去吧。”

“不,不行。明天就晚了。新的007电影《黎明生机》要找邦女郎。提摩西·道尔顿出演邦德。你把行李放这儿。我们带你过去。”

一个工作人员领我出门,走过街角,指着一栋楼说:“看到那扇门没有?很多人进去的,就是那里。”我走进去,和特伦斯·多诺万那里的试镜差不多,只是更拥挤不堪,一群群女孩或站或坐,靠在墙边,聊天,闲话,走来走去,摆出不同姿态。

试镜助理宣布:“我们会要每个人说几句话。”虽然心中忐忑,不过我安慰自己:我现在是专业模特儿了,不会有问题。我上过特伦斯·多诺万的倍耐力月历,没什么能让我退缩的。轮到我上阵,工作人员把我送进影棚,让我站到标记上。

“我的英语说得不太好。”

工作人员举起提示板,说:“没关系。你照着念就行了。”天哪!现在怎么办,告诉他们我不识字?不,这太丢脸了。我说不出口。

于是我只好说:“对不起,我得出去一下——马上回来。”就这样,我走出大楼,回到公司拿行李。谁知道那些试镜的工作人员等了我多久。对公司,我说自己还没进棚,因为貌似要等很久,我就先回来拿东西。那时是下午一两点。我回了家,把行李放下,出门做头发。信步走进青年会旁边的一家发廊,发型师问我想怎么弄。

“把头发颜色漂成金色。”我说。

发型师扬起眉毛:“做是可以做,不过要花很长时间。我们晚上八点关门。”

“好啊，那我们有的是时间。”

“是倒是，但你前头还有别人约了。”我求了又求，他终于顶不住，同意了。可他刚把双氧水抹到我头上，我就后悔不该求他了。头上只有一点发茬子，双氧水沾到头皮，烧灼难忍，我觉得头皮仿佛一大块一大块地剥落下来。等清洗干净时，头发变成橙黄色了。发型师只得再漂一次，这次时间更长，不然没法把颜色漂掉。第二次漂完，头发变成黄色。第三次才终于漂成金色。

我自己很满意，可往地铁走的路上，有几个小孩都吓得赶紧抓住妈妈的手，叫道：“妈妈，妈妈，那是什么？她是男是女？”我暗想，见鬼，我是不是过头了？看把小孩子吓的。可回到青年会，我想，管他呢，反正做头发又不是为了讨小孩子喜欢。自己高兴就行。我觉得自己的金发真是美极了！

回到家，应答机上全是经纪公司的留言：“你去哪儿了？所有人都等你试镜呢。你还回不回来？他们还想见你。他们还在等……”公司那时已经下班，我往维罗妮卡家里打了个电话。“华莉丝，你到底去哪儿了？他们以为你去上厕所的！你保证明天回去？”她逼着我答应第二天再去试镜。

我没告诉维罗妮卡染了头发，但试镜的工作人员自然马上注意到了——昨天普普通通的黑人女孩，今天却旗帜鲜明地染了一头金发。整个制作团队都放下手中的活来观赏我：“哇！太牛了——你昨晚弄的？”

“对。”

“天哪。我爱死它了。爱死它了——不要再弄别的花样了，好不好?”

我说:“相信我,我最近绝对不会动我的头。疼得我要死。现在头皮都成金色了。”

我从头开始试镜。“你担心自己的英文不好?是这个原因吗?”

“嗯,对。”我还是不愿承认自己不识字。

“好。你站着就行了。往右看,往左看。说你叫什么名字,从哪里来,是哪家经纪公司的,就行了。”这我还能对付。

试镜结束后,我转过街角,往经纪公司走。打算给自己找点乐子,给他们瞧瞧我的新发型,吓他们一跳。公司的人全都气疯了。“你怎么把头发搞成这个鬼样子?”

“挺漂亮的吧?”

“漂亮个鬼!我们现在没法给你安排工作了!这么折腾自己的外表之前,必须先跟我们打个招呼,华莉丝。客户录用你之前心里得有底。现在你的头发不再是你自己的了,你不能想怎么弄,就怎么弄。”

不过试镜的工作人员喜欢我的新发型,我成了新的邦女郎。从那天起,经纪公司的人给我起了个外号:健力士啤酒。因为我跟那啤酒一样,下黑上白。

电影生涯就要拉开序幕,我欢欣鼓舞。然而一天在公司里,维罗妮卡告诉我:“华莉丝,大好消息。《黎明生机》会在摩洛哥拍。”

我浑身一激灵。“对不起，我得向你坦白一些事……如果可以不说的话我宁愿不说……还记得录用我的那天，你问我有没有护照吗？护照我有，但签证已经失效。所以，要是离开英国的话，我就回不来了。”

“华莉丝，你骗了我！护照有效你才能当模特儿，不然我们没法用你！你的工作得满世界跑！天哪——这个活儿你做不了。我们得把它取消。”

“不，别——别这样。我会想办法。肯定有办法。”维罗妮卡满脸狐疑地看着我，不过最后还是随我去了。接下来的几天，我坐在房间里，绞尽脑汁，想不出办法。问了一圈朋友，他们能想出来的唯一建议——嫁人。可我哪有人嫁？事业没什么盼头了，我还向维罗妮卡撒了谎，让经纪公司失望——我灰心丧气，难过非常。

左右为难时，一天晚上，我下楼去青年会的泳池。我的朋友玛丽莲在那儿当救生员。玛丽莲也是黑人，在伦敦出生。我喜欢水，刚搬进青年会时，常来游泳池畔，坐在岸上看水。终于有一天，玛丽莲问我为什么从不下水。我告诉她自己不会游泳。“我可以教你。”她说。

“好吧。”我跑到深水区，大吸一口气，跳进水里。我想既然她是救生员，危险时刻肯定能救我。我自己都意想不到的是，一入水，就像鱼一样顺畅地游到了泳池另一边。

我爬上岸，乐得合不拢嘴：“我游过来了！我居然游过来了！”

可玛丽莲生气了：“那你怎么说你不会游泳？”

“这辈子我还是第一次游泳哪！”这个小插曲过后，我们成了好朋友。她和母亲一起住在伦敦另外一头。有时下班晚,太累了,她懒得跑那么远的路回家,就会睡到我房间里。

玛丽莲很大方,人很好。那天晚上,我游过来,游过去,试图忘记护照的麻烦。突然,计上心头。我把头探出水面,抬起泳镜,激动地嚷嚷:"玛丽莲,我要用你的护照。"

"什么?你说什么?"我把自己的困境说给她听。"你他妈绝对疯了,华莉丝!你知道会怎样吗?他们肯定会逮捕你,永久驱逐出境,然后把我关进牢房。我干吗要冒这么大的风险,让你去演什么詹姆斯·邦德的电影?我才不干呢。"

"哎呀,别这样,玛丽莲。多好玩啊,冒险嘛——闯一闯呗。我们一起去邮局,我用你的名字申请护照,伪造个你的签名,贴上我的照片。时间不多了,不过申请个临时护照只要几天。求你了,玛丽莲!我要拍电影了,这是天赐给我的机会啊!"

我缠着她不放,拼命求情。她拗不过我,终于在我飞去摩洛哥的头一天,妥协了。我去拍了照片,然后和她一道去了邮局。一个钟头后,我就拿到了一本英国护照。不过回家的路上,玛丽莲担忧得要死。我一直给她打气:"别担心了,玛丽莲,肯定没问题。你要相信不会有事的。"

"相信?去死吧!我相信这件事会害我一辈子。"那晚我们睡在玛丽莲家。我提议去租几个电影,晚饭叫中餐外卖,好好放松一下。可等我们到了玛丽莲家,她说:"华莉丝,我做不到。这事太危险了。你把护照给我。"我伤心地把护照递给她,电影事业就这么化为泡影。她对我说:"你坐着。我去把它收起来。"带着护照上楼了。

我回答:“好吧。既然你这么担心,我也不要你遭罪了。既然你觉得会惹麻烦,那我们还是罢手吧。”然而,那天夜里,玛丽莲一睡着,我便开始翻她的东西。房间里堆着好几百本书,我知道她肯定把护照夹在哪本书里了。我翻了一本又一本,摇晃着书脊。第二天早上,车子会到玛丽莲家来接我,所以我得赶紧。突然,护照掉在我脚边。我悄悄地把它捡起来,塞进包袱里,然后上床睡觉。清晨,司机来按门铃之前我就醒了,蹑手蹑脚走到楼下,出了门,这样司机来时就不会吵醒屋里的人。外面很冷,我在寒风中打着战,等到七点,车来了,我出发去了希思罗机场。

从英国出境时倒没遇上什么麻烦。在摩洛哥,我的电影生涯不过剧本里这样几个场景——“一个美丽的女子躺在泳池畔。”还有一个镜头在卡萨布兰卡拍:一群女孩坐在一栋富丽堂皇的房子里喝茶,不知什么原因,所有人都赤身裸体。詹姆斯·邦德从房顶上跳下来,我们都惊恐地捂住脸大喊:“啊!噢!天哪!”不过我想,没什么好抱怨的。既然不用在电影里说话,起码我便不用担心不识字了。

拍摄之外的时间,我们便在房子里晃荡,在泳池畔闲躺,吃东西,什么也不干。在雾蒙蒙的伦敦住了这么久,现在终于到了阳光灿烂的地方,我欣喜若狂,整天待在阳光下。我不懂得如何与工作人员打交道,所以几乎总是一个人。男的个个帅,女的个个美,看上去都不好接近。人人都讲一口流利英语,仿佛互相都认识,总在聊着这个活儿,那个活儿。回到非洲,就足够让我激动不已。晚上,我会出去跟本地大妈们坐在一起,看她们给家人烹煮各种色彩绚丽的食物。虽不会讲阿拉伯语,我们还是能说笑。我说一个阿拉伯语词,她们说一个英语词,大家乐成一团。

一天晚上,一个工作人员过来宣布:“有人想看赛骆驼吗?都来吧,我们正喊人呢。”站着看了一会儿比赛,我走过去问一个阿拉伯骑手,我是否可以参加。他夹杂一口英语和阿拉伯语,告诉我,不,不行,女人不能骑骆驼。

“我打赌,我能赢你。”我说,“来吧——我赢给你看。你知道我能打败你,才不敢让我骑!”一个小姑娘竟敢挑战他,这个骑手怒火中烧,马上答应让我参赛。这个消息立刻传遍了整个摄制组,大家都跑来看华莉丝的比赛。好几个人想说服我放弃。我告诉他们把钱拿出来,押宝到我身上,我要好好教训这些摩洛哥男人。我和十个阿拉伯男人并肩骑在骆驼上,站在起跑线后头。比赛开始,我们扬鞭驰骋。因为不熟悉这头骆驼,不知道怎么才能让它跑起来,一路惊心动魄。骆驼向前冲的时候,上下颠簸,左右摇摆。一旦掉下去,肯定会被踩死。所以我死命抓紧。

终点线上,我跑了第二。摄制组的人惊讶万分,看他们的表情,我知道他们虽然很诧异,但心中对我平添了几分敬意,特别是那些押注在我身上的人。一个女孩问我:“你怎么会骑骆驼啊?”

“小菜一碟。你要是在骆驼上生的,一样会骑。”我笑着说。

然而,比起回程在希思罗机场将面对的挑战,赛骆驼根本算不了什么。我们下了飞机,排队过关。队伍一点点向前挪,大家都把护照拿了出来。海关官员每喊一次:“下一个!”我都胆战心惊——离被逮捕又近了一步。

入关处的工作人员态度从不友好,如果你来自非洲,还是黑人,他们更加倍严厉。用激光一样的目光,他们细细审查你的护照。我怕得快要昏倒了,恨不得立即晕倒在地上,奄奄一息,就不用受此折磨了。“神啊,”我祈祷着,“帮帮我,求你了。如果这次有幸逃过,以后我再不会做这样的傻事了。”

就快轮到我了,膝盖突然一软。这时男模杰弗里一把从我手中抽走了护照。他本来就是个自负的讨厌鬼,最喜欢取笑捉弄人,此刻,我正是一个好捏不过的软柿子。“求你了,求你了——”我想把护照抢回来,但他比我高得多,举着手,让我够不到。

这段旅程上,所有人都叫我华莉丝,都知道我的名字是华莉丝·迪里。杰弗里翻开护照,尖叫道:“见鬼了!大家听一听!所有人都听一听!知道她叫什么吗?玛丽莲·梦露!”

“把护照还给我,求你——”我全身颤抖。

他绕着圈子跑,笑得直不起腰来,然后把我的护照一个个给同事看。“她叫玛丽莲·梦露!看这里!他妈的到底怎么回事?小妞儿,你搞什么鬼?怪不得你把头发都染成金色了!”

我不知道这世上还有一个玛丽莲·梦露。对我来说,这个名字属于我的朋友,青年会的救生员。也幸亏无知,我的担忧才不至于雪上加霜——拿着一本贴着我照片,名字却是大明星的护照,也太打眼了。那个当口,我只担心护照上写着玛丽莲在伦敦出生,我却只会说几个字的英语。我要死了……玩完了……我要死了……玩完了……这几句话轮流在我的脑中流窜,全身汗透。

整个007的摄制组都过来凑热闹:“喂,你真名到底是什么?你到底是哪里人?在伦敦生的人居然不会说英语?”他们把我吓得屁滚尿流。混蛋杰弗里好歹把护照还给了我。我走到队伍最后头,等着所有人先过,希望轮到我时,他们统统走掉。

“下一个!”

同事们一个个过了海关。这样漫长的旅程后,一般大家都自顾自地收拾东西,上车回家。而现在,没有一个人这样做。不,他们在海关亭子间后头聚拢起来,等着看我能不能闯过这一关。

镇定,华莉丝,镇定。你能过去这个坎。我走上前,把护照递上,灿烂地一笑,大声说:“你好!”然后便屏住呼吸。不敢多说一个字,不能让海关发现我的英文一塌糊涂。

“天气真好,不是吗?”

“嗯哼。”我点点头,微笑着。他把护照给我,我大步往前走。007的团队都瞪大了眼。多想大舒一口气,一下子躺到地上,但我知道自己不出机场就不安全,便没有停下脚步,快快地从同事们身边走过。华莉丝,快走!别停!一定要活着从希思罗出去。

Chapter 12

求医问诊

还住在青年会时，一天下午我在楼下的泳池游泳。游完之后，在更衣室穿好衣服，正准备上楼，听到小咖啡厅里有人叫我。是一个我认识的男孩子威廉，他也住在楼里。他招手要我过去。“华莉丝，过来坐吧。想吃点什么吗？”

威廉正在吃奶酪三明治，我便答道：“好，我也要这个吧。”那时我英语还很差，不过大概也能明白他的意思。一边吃东西，他一边问我愿不愿去看电影。这不是他第一次约我出去了。威廉年轻帅气，是个白人，对人总是很和善。他还在对我说话，可我已经听不见了。我坐在那里，看着他的嘴唇上下翻动，脑中思绪纷乱：

跟他去看电影
如果他知道我的事情……
有男朋友会怎样
也许挺好的
有个人说话
有个人疼爱我
可如果我跟他去看电影

他会吻我

然后想跟我上床

如果我答应了

他会发现我跟其他女孩不一样

我的身体受过伤害，不完整

如果我不答应跟他上床

他会生气，会跟我吵架

不，还是不去了

不值得为此难过

还是说不去算了

如果他知道我的事，他会明白并不是我要拒绝他

我微笑着摇摇头，说："不去了。谢谢你。我还有好多工作。"如我预想，他一脸受伤的表情。我耸耸肩，在心里对他也对自己说：没有办法。

搬到青年会之后，这种麻烦便一直如影随形。以前和家人住在一起时，我几乎从不单独和陌生男子相处。无论在父母那里、萨如姨妈家还是莫哈默德姨父家，到访的男人要么了解索马里的文化，不会主动约我，要么也被家里人打发了。但离开姨父家后，我便孑然一人，只能独自应对这些问题。青年会里住了一大堆年轻的单身汉，和哈乌出去泡夜店时，也遇到了很多男人，做模特儿之后就更不用说了。

但我对他们都不感兴趣。我自己从没想过要和什么男人上床，但不幸的是，过去可怕的经历告诉我，男人们的想法可没这么

单纯。如果没被行割礼,生活会如何?我虽然常常思索这个问题,却仍无法想象。我喜欢男人,也是个感情丰富的人。那时候,我离家出走已经六年,孤独难熬。我思念家人,也希望有一天能嫁人,建立自己的家庭。但只要下身一天是缝死的,我便无法打开心扉勇敢恋爱,只能把自己封闭起来。没有男人能进入我,无论身体还是心灵。

发现自己和其他女人不同,尤其和英国女人不同时,我心里对恋爱更多了一重障碍。到了伦敦,我渐渐发现,其他女孩似乎并没有跟我一样的遭遇。跟表姐妹一同住时,我偶尔会和她们共用洗手间。她们小便很快,水柱粗壮。而我因为下身只开了个小洞,只能一滴滴地尿,一次要十分钟。"华莉丝,你怎么这样小便?你怎么了?"我不愿告诉她们,以为她们回到索马里后一样要被行割礼。所以只笑笑,什么也没说。

然而,月经来时,我笑不出来。从十一二岁初潮开始,月经一直是困扰着我的噩梦。第一次来月经,我正独自在沙漠中放羊。天热得不行,我虚弱地坐在树荫下,肚子疼得难受。怎么这么疼?我怀孕了吗?是不是要生孩子了?可我没和男人在一起,怎么会怀孕呢?疼痛一阵紧过一阵,我也越来越害怕。大概一个钟头后,我去小便,发现下身有血,以为自己快死了。

我让牲畜继续在灌木丛中吃草,自己飞奔回家,向母亲哭喊:"我要死了,妈妈!我要死了!"

"你说什么?"

“我在流血，妈妈——我肯定要死了！”

她瞪着我：“不，你不会死。没关系，是你的月经来了。”我还从没听过这个词，什么也不懂。

“妈妈，月经是什么？你告诉我。”母亲慢慢地解释，我抱着肚子，难受得扭来扭去。“怎么才能不疼呢？我快疼死了！”

“华莉丝，疼也没办法。你别老想着。忍一阵自然就不疼了。”

我可不打算这么干忍着。为了找寻止疼的法子，我从家里走出去，在大漠的树底下挖洞，转移自己的注意力。我拿着根棍子又是挖，又是刨，终于掘出个大洞，深得可以把自己的下半身埋进去。爬进洞里，用泥巴和沙子把洞填满。地底下凉快些，正午，日头毒，这个洞就像个大冰包，让我能松快一阵子。

每次来月经，我靠这个法子才能挨过去。后来我才发现，这一点，和姐姐阿曼不谋而合。当然挖洞这个办法也有缺点。一天，父亲正好走过，看到树荫下的我半身埋在土里。从远处望去，仿佛有人割掉了我的腿，把我放在沙地上。“你在搞什么鬼？”听到父亲的声音，我本能地往洞外跳，但沙土填得太紧了，动弹不得。我就双手死命刨，挣扎着把腿从洞里拽出来。爸爸笑得要死。我难为情，不愿意告诉他为什么要把自己埋起来。爸爸开着玩笑：“你要想把自己活埋了，总得做到位吧。埋半截子算怎么回事？”之后，他问母亲这是怎么回事，担心女儿要变成穴居动物——要不然怎么像田鼠一样，挖起地道来了。妈妈把原因告诉了他。

但疼痛，就像妈妈说的一样，无法止住。一开始，我当然不明白其中道理——和尿液一样，经血也会积在身体里。血源源不断想往外淌,而每次又只能一滴滴地流,压在下身让我疼痛难忍。每次月经起码十天。

到莫哈默德姨父家后,月经危机大爆发。一天大清早,我正在给姨父准备早餐。姨父坐在餐厅里,我端着托盘从厨房走出去,突然两眼一黑,盘盘碗碗摔了一地。姨父跑过来,拍我的脸。我慢慢苏醒过来,他的声音仿佛在很远很远的地方:“玛瑞姆!玛瑞姆!她晕倒了!”

好容易恢复过来,姨妈问我哪里不舒服。我说那天早上月经来了。“这太不正常了。我们得带你看医生去。我跟医生约今天下午吧。”

我告诉姨妈的私人医生,月经特别糟糕,每次来都容易晕倒。腹如刀绞,我不知怎么办。“求求你帮帮我——有什么办法吗?我实在受不了。”然而受过割礼的事我一字未提。也不知如何开口。那时我还是个小姑娘,所有跟身体有关的话题,既懵懂糊涂,也羞于言声。我不知道是割礼带来了病痛,还以为所有的女孩都和我一样。在索马里时,我母亲不觉得痛经有什么稀奇,因为每个她认识的女人都做过割礼,来月经时都痛。是女人就得承担这些苦痛。

医生并没有给我做体检,所以他没发现秘密所在。“我只能开给你避孕药。这样不会来月经,也不会疼了。”

感谢上天!尽管心里没底,我还是开始服用避孕药。巴斯玛曾告诉我,这药对身体不好。不过还没出一个月,疼痛消失了,血也停了。避孕药发出怀孕的错误信号,身体开始出现一系列意想不到的变化:乳房和屁股都变大了,脸也圆了,体重暴增。这些不自然的变化让我担忧不已，决定忍着肚子疼也得停药。停药后，疼痛立马回来了，而且变本加厉。

后来又去找过另一个医生。但这次经历和上次并无两样——他也打算给我开避孕药。我跟他解释，我试过这个办法，但副作用太厉害了。可不吃药的话，我每个月有好几天都疼得恨不得去死，没法起床，没法干活。还有没有其他法子？医生回答："你以为呢？女人吃避孕药就不来月经。来月经肚子就要疼。随你选吧。"等到第三个医生也这么建议之后，我意识到，只靠一个接一个地看医生，恐怕解决不了这个问题。

我问姨妈："我是不是应该找个特殊的医生？"

姨妈刺了我一眼："瞎胡闹。你打算跟那些男人怎么说？"她一字一句地强调。

"不说什么，就说我想让疼痛停止，没别的了。"姨妈的话外之音，我听懂了：割礼是非洲的习俗——绝对不能和白种男人提起。

而在心里，想法越来越清晰——必须跟医生坦白。不然每个月有三分之一的时间只能生活在痛苦之中，什么事也做不了。然而我明白，坦白，对家里人来说就是大逆不道。下一步，我得偷偷去找医生，告诉他我做过割礼。也许三个医生里，有一个会帮我。

我选了第一个医生，麦克雷。他在一家大医院工作，如果我需要手术的话，他那里有条件可以做。打电话过去，约到的时间却是一个月之后。我苦苦等到那一天，跟姨妈编了个借口，溜了出去。到了麦克雷医生的办公室，我对他说："上次有事情，我没有告诉你。我是索马里人，我——我——"英语磕磕巴巴，秘密本来就难以启齿，对我简直是巨大的折磨："我做过割礼。"

话音未落，麦克雷医生马上说："去换衣服。我马上给你检查。"看到我脸上的惊恐，他安慰了一句："不会有事的。"他让护士进来，护士带我去换衣服，帮我穿上病号服。

回到诊室，我心里七上八下，不知所措。一个来自索马里的女孩，独自坐在这个陌生的房间，打开双腿，让一个白人男子看下身……天哪，还有什么比这更令人羞耻的吗？这样想着，我并拢了膝盖。医生为了分开我的腿，想尽办法："放松放松。没关系的——我是医生。护士也在这里，就在这里。"他指着帘子外边。我伸长了脖子望去。女护士宽慰地朝我微笑。我终于放下了戒备，强迫自己想别的事情，想象现在天空晴朗，我领着羊群在沙漠中行走。

医生检查完之后，问护士医院里有没有会说索马里语的人。女护士回答，楼下有个索马里女人。她下楼去找，却没找到，只好领着个男人回来了。哎呀，我运气也太糟了吧！这么难堪的事，还非得是个索马里男人给我做翻译！怎么这么倒霉！

麦克雷医生对他说："你告诉她，缝合太多了，几乎是全闭合，我都不知道她怎么能活到今天。得尽快给她动手术。"我立刻发现那索马里男人的不快，他紧闭嘴唇，瞪着医生。我毕竟能听懂一些英语，从那人怪异的态度判断，我明白情况不妙。

他对我说："你要是非做不可的话，他们可以把你打开。"我一言不发，紧盯着他。他又说："这么做有违传统，你知道吧？你家里人知道这件事吗？"

"老实说，不知道。"

"你跟谁住在一起？"

“姨妈、姨父。”

“他们知道你要做什么吗?”

“不知道。”

“那你应该先去跟他们商量。”我点点头,心里想:果然不出我所料,非洲男人一定会这么说。兄弟,多谢你的建议。我要是跟家里人商量了,这事就算彻底告吹。

麦克雷医生补充道,医院不能立即进行手术,必须先约时间。仔细一想,我知道自己不可能做这个手术,姨妈会发现的。“好吧,我会打电话来约时间。”当然,过了一年多,这个电话我一直没打。

姨妈全家回到索马里之后,我马上打电话到医院。然而最早的手术安排也要到两个月后。日子一天天过去,我不断回想起当年割礼时的惨痛经历。也许手术会和那一样痛苦?我想得越多,就越害怕,越发不愿再去遭罪。手术预约的那天,我既没打招呼,也没去医院。

那时我还住在青年会。痛经并未缓解,而我必须出去打工,赚钱养活自己。每月请一两周的病假,还想不丢工作,根本不可能。我咬紧牙关,拼死坚持,但朋友们都察觉了不对劲。玛丽莲一直问我怎么回事。我说出了自己的秘密。

在伦敦长大的玛丽莲根本无法想象。“你给我看看吧,华莉丝?我真的不知道割礼是什么。他们把你的这里给割掉了?这个,还是这个?到底怎么回事?”

终于,我把裤子脱掉,给她看了。她脸上的表情,我一生也不会忘记。她看了一眼,转过脸,泪如泉涌。天哪,真的如此糟糕吗？我这样想着，觉得自己仿佛坠入深渊。玛丽莲开口，问："华莉丝，你那里还有没有感觉？"

"什么意思？我不明白。"

她只摇摇头："你还记得自己小时候下面是什么样子吗，在他们残害你之前？"

"记得。"

"我的下身现在还是那个样子，而你不一样。"现在，我终于知道自己和别人不同。我曾无数次疑惑，思忖，是否天下所有女人都遭受过一样的戕害？我甚至暗暗这样希冀——我并不想别人受这种罪，但孤零零一个人的感觉令我发狂。"你没有做过？你和你母亲都没做过？"

玛丽莲摇摇头，又哭了起来："太可怕了，华莉丝。竟然有人会对你做这样的事！"

"别这样，别让我难过了。"

"我是真的难过啊。难过，而且生气。我哭，因为我不相信世界上居然有人会这样残害一个小姑娘。"

我们坐着，相对无言。玛丽莲小声抽泣着，我不敢看她。我下定决心，受够了——"他妈的，我要去做手术。明天我就给医生打电话。起码可以痛快地小便吧。我不可能有别的享受，但畅快小便总可以吧！"

"我陪你去，华莉丝。相信我，我会陪伴你。"

玛丽莲打电话到医生的办公室，帮我定了时间。这次得等一个月。我不停地缠着玛丽莲:“你真的陪我去?”

“别担心。我会去的。我会在那儿陪你。”计划的日子到了。她早早把我叫起床,我们一同去医院。护士领着我进了诊室。啊！那里就是手术台——我差点拔腿就逃。这张台子当然比树丛里的石头好多了,可躺在上面打开双腿后,恐怕一样要在地狱里走一遭。当然,麦克雷医生给我打了麻醉针——多希望当年那个杀人婆切割我身体时,我曾有这样的运气啊！我睡着了,玛丽莲一直握着我的手。

苏醒过来时,医护人员已经把我移到了一间双人病房。跟我同屋的是个刚生了孩子的母亲。这位母亲以及在饭厅吃午饭时遇到的其他人,都追着我问:“你生的什么病？为什么进医院?”

我还能怎么回答？难道老实坦白:“我是来做阴道手术,我那下面太紧了……”我未对任何人讲真话,只说自己有胃病。手术的恢复期自然比当年割礼时好受多了,可一些最惨痛的记忆仍不免重现。每次小便,都要忍受同样的折磨——就像伤口被浇上了滚热的盐水。护士们总算让我洗澡,泡在热水里,舒服多了。他们还给我吃止痛药,所以,疼得不那么厉害。伤口长好后,我长舒了一口气。

麦克雷医生的手术做得很好,我到今天都对他感激不尽。他告诉我:“你不是一个人。跟你同样境况的女人我接待了不知多少。很多人来自苏丹、埃及和索马里。有些是孕妇。她们怕得不知如何是好——下身缝合起来的女人生孩子很危险,很容易难产。口子太小,胎儿出不来,可能窒息,产妇也可能失血过多而死。这些女人背着丈夫,背着家人偷偷到我这里。我会帮助她们,会竭尽所能帮助她们。”

两三个星期后，我的身体恢复正常。也许算不上正常，但总算离没做过割礼的女性近了一大步。华莉丝获得新生了！终于可以往马桶上一坐，淋漓酣畅地小便了！这种自由感，无法形容。

1996 年，华莉丝在非洲加蓬度假留影。

Chapter 13

护照难题

拍完第一部电影，做过了邦女郎，我要司机直接从机场送我到玛丽莲·梦露家。在摩洛哥时，我这个懦弱的胆小鬼，没敢给她打电话，只盼着等回来时她的气头已过。站在门口，手里抓着一大袋子礼物，我不安地按响了门铃。玛丽莲打开门，满脸都是笑，冲过来拥抱我："你做到了！你个疯婆子，你还真做到了！"偷走假护照溜掉，她已经原谅了我，还说我居然真有豹子胆，冒这么大险，她不得不佩服，气也气不起来了。我向她许诺，再也不会盗用她的护照，让我们俩都冒风险了。希思罗机场惊险一幕后，我自己也吓得半死。

玛丽莲不再恼我，我非常开心，她真的是位宝贵的朋友。而我，又一次需要她伸出援手。回到伦敦时，我以为自己的模特儿生涯才刚刚开始——先跟特伦斯·多诺万拍了月历，接着就上了007 电影。现实却跟我的预想完全相反——我的事业毫无征兆地开始，又毫无征兆地结束，仿佛被一阵厄运的妖风吹散，一夜之间，白茫茫大地真干净。我没有回麦当劳打工，也没钱支付青年会的房租，只好搬了出来，住到玛丽莲和她妈妈的房子里。成为她们家里的一员，和她们共同生活，我很高兴。然而，一连住了好几个月后，尽管她们什么也没说，我也明白自己不该再拖下去。零零散散接了几个模特儿的活，但挣钱不多，不足以养活自己。我搬到另一个朋友家，是位中国人，叫弗兰基。他和我的发型师是朋友。弗兰基有一栋大房子——起码我觉得挺大，里面有两间卧室。他慷慨大方，让我住下，我则努力想法子开创事业。

1987 年，我搬进弗兰基家不久，《黎明生机》上映了。几周后的圣诞节前夜，一个朋友带我出去玩。伦敦的男男女女都在纵情庆祝玩乐，我也被节日气氛感染，玩到很晚才回家。脑袋一挨枕头，马上睡着。卧室窗户上咚咚敲玻璃的声音把我吵醒。睁开眼睛，发现方才送我回家的那个朋友，正站在外头，手里拿着份报纸。他在说些什么，我听不清，便打开窗户。

“华莉丝，你上了《星期日泰晤士报》的封面啦！”

“啊……”我揉揉眼睛，“真的吗？”

“对啊！你看！”他把报纸举起来，我的头像填满了整个封面——照片比真人还大，耀眼的金发，坚定的表情。

“太好了……我要回去睡觉了……”跌跌撞撞，我一头栽到床上。中午睡醒之后，我才想到曝光率上升会带来多少机会。登上了伦敦《星期日泰晤士报》的封面，绝对会对我的事业大有帮助。我到处闯荡，跑遍伦敦的每个角落去试镜，缠着经纪人不放，最后还换了个公司，事业却始终不见起色。

新公司的人说：“华莉丝，伦敦黑人模特的市场不大。要想接工作，你必须全世界跑——去巴黎、米兰、纽约。”旅行我当然举双手赞成，可护照这个难题始终困扰着我。公司的人告诉我，听说有个叫哈罗德·惠勒的律师，曾帮过几个外国移民拿护照，建议我去找他。

我去了这个哈罗德·惠勒的办公室,他的收费高得惊人——整整两千英镑。尽管贵,但拿了护照我就能离开英国出去工作,这笔费用肯定一眨眼就能赚回来。按目前情况下去,我很快便会走投无路。于是,我想尽一切办法,东拼西凑,弄到了两千镑,可我又担心把借来的钱统统给了他,他若是个骗子怎么办?

我把现金留在家里,又跟他约了一次,还带上了玛丽莲帮我出主意。按下大门口的对讲机,惠勒的秘书让我们进了大楼。我去惠勒的办公室,玛丽莲在大堂等我。

我开门见山地问:"跟我说实话。我必须确定你给我弄的护照真值两千镑。我能不能合法地到世界上任何一个国家去?可别害得我困在什么鸟不拉屎的地方,最后被驱逐出境。你到底能从什么地方给我弄到护照啊?"

"不,不,不,我不能把来源告诉你。这些是我的事。如果你需要护照,我肯定能给你弄到。我向你保证,一定合法。你委托我之后,大概需要两周就能办好。我的秘书会给你打电话。"太棒了!再等两周,我想去哪就能去哪,想什么时候走,就什么时候走。

"那好吧。"我说,"还需要做什么?"惠勒告诉我,我要和一个爱尔兰人结婚,他已经找到了合适的对象。两千镑是给那个爱尔兰人的,惠勒自己只收取一小笔手续费。哪一天、几点钟到婚姻登记处去见我的丈夫,他都安排好了,我只需带一百五十镑现金备用。

"你等的人姓奥沙利文,"惠勒操着他地道的英国腔对我说,他边写，边交代时间、地点，“奥沙利文先生就是你的结婚对象。噢——顺便恭喜了。”他抬起头，微微一笑。

之后，我问玛丽莲，她觉得这个人可不可信。她回答道：“办公室挺漂亮，楼也气派，这个区档次挺高。门口挂了他的名字，还有职业秘书。我觉得他还靠谱。”

婚礼那天，玛丽莲来当我的证婚人。我们在登记处外头等，看到一个糟老头，东摇西晃，蹒跚而来。皱皱巴巴的红面孔，乱草似的一头白发，衣衫褴褛。我俩咯咯直笑，可看到他往登记处的台阶上爬，我们笑不出来了。这一惊可不小，我和玛丽莲互相对视一眼，再看着他。“您是奥沙利文先生吗？”我壮着胆子问。

“如假包换，就是咱。”他压低声音，“你是那个小妞儿吧？”我点点头。“钱带了吧？”

“带了。”

“一百五？”

“对。”

“真是个乖妞儿。快走快走，赶紧了。”我的“丈夫”一身酒臭，大概从里到外都被威士忌泡过一遍。

我们跟着他往楼里走，我对玛丽莲嘟囔着：“可别没等我拿到护照，他就见上帝了啊。”

婚礼开始了，我总没法安心。奥沙利文先生站也站不稳，老分我的神。更荒唐的还在后头——登记官刚说：“华莉丝，你是否愿意嫁……”老家伙就砰地一头栽倒在地。我开始还以为他死了。

可他张大着嘴巴，呼呼出气。我跪下来，摇晃着他，大声叫："奥沙利文先生！醒一醒！"他就是不睁眼。

眼睛一翻，我朝玛丽莲喊道："这个婚结得太好了！"她靠在墙上，笑得直揉肚子。"真运气！亲爱的老公在圣坛前头给我晕了。"反正已经滑稽透顶了，不如好好乐一乐，我尽量往好处想。

登记官两手支在膝盖上，弯下腰，透过半框眼镜上缘，观察我的未婚夫："他没事吧？"

如果不是怕露馅，我差点就朝他吼了："我他妈怎么知道？""醒醒，醒醒，快醒醒！"拍着我这"丈夫"的脸，我嗓门越来越大。"帮我弄点水来！谁来帮帮我！"我边笑边求人帮忙。登记官给我递上一杯水，我刷地全浇到老头脸上。

"呃……"他打着呼噜，喉咙里嗬嗬作响，终于睁开了眼睛。我们又是推，又是拉，好容易让他站了起来。

"天哪，让我们赶紧了事吧。"我嘟囔着说，生怕老头又倒了，只好紧紧地挽住"丈夫"的胳膊，直到仪式结束。走到马路上，奥沙利文先生找我讨那一百五十镑，我要了他的地址，以防万一。他跌跌撞撞哼着小曲走远了，我最后的一点钱就这样没有了。

一个星期后，哈罗德·惠勒自己打电话给我，说护照做好了。我兴高采烈地跑到他的办公室。他递给我一本爱尔兰护照，上面贴着我的照片，名字写的是华莉丝·奥沙利文。虽说谈不上是护照专家，可我总觉得手中的这个小本子有些奇怪——不，是非常奇怪。小本子模样粗糙，就像地下室里随便印的。"就是这个？这护照真的合法？旅行可以用？"

"当然。"惠勒重重地点头，"你看，这里写了爱尔兰。是合法的爱尔兰护照。”

“嗯。”我翻来覆去地检查，“只要能用，管它什么样!”

没过多久，考验这本护照的时刻来到了。经纪公司给我接了巴黎和米兰的工作，我递交签证申请。然而几天后，我收到了一封信。瞟了一眼发信地址，我几乎快吓晕——信是移民局发来的，要我马上去报到。我一脑门千奇百怪的法子，最后还是只能屈服，不去不行。移民局有权立即驱逐我出境——或者把我扔进牢房。伦敦——再见；巴黎——再见；米兰——再见；模特儿生涯——再见；骆驼们——我来了。

第二天，我乘地铁从弗兰基家去移民局。走进雄伟的政府大楼，就像走进坟墓一般。找到了相应的办公室，我走了进去。从没见过如此严肃死板的面孔——“坐这里。”表情石头般冰冷的男人命令道。他们把我关进一间完全隔绝的房间，盘问开始：“你叫什么名字？结婚之前叫什么？你从哪个国家来？怎么拿到这本护照的？他叫什么名字？你付了多少钱?”说错一句话，就可能招致牢狱之灾。移民局的官员把我的回答全部录了下来。所以我跟着感觉走，没告诉他们太多。每次想拖延时间编答案，我便使出拿手妙招——装作英语不好，听不懂。

移民局扣留了我的护照。想拿回来的话，必须带我的“丈夫”来面谈。虽说不愿意，不过我好歹绕过了哈罗德·惠勒这个话题。想从骗子那里把钱讨回来，我得在政府抓他之前赶紧行动，不然那两千镑就算彻底打水漂了。

从移民局出来，我径直往惠勒富丽堂皇的办公室而去。按响了大门口的对讲机，他的秘书接起听筒。我告诉她我是沃利斯·迪瑞，有急事找惠勒先生。可她说惠勒先生不在，不肯给我开门。我每天往那跑，往那里打电话，大嚷大叫，但惠勒忠诚的秘书始终护着这只硕鼠，就是不让我见。我只好自己扮演私家侦探，整天藏在大楼附近，想着他一走出来，我就冲过去抓住他。可他彻底消失不见了。

一面想办法逮住惠勒，一面我还得把奥沙利文先生找出来带到移民局去。他住在伦敦南边的克罗伊登区，那是移民区，也有很多索马里人。因为没有直通的火车，我只能先坐到最远一站，然后乘计程车。独自一人走在马路上，我不停回头，四处张望。我并不乐意来这里。照着地址，我找到了一所破破烂烂的楼，敲敲门，无人应答。我绕到房子一侧，伸长脖子往窗户里看，看不到什么。奥沙利文先生能去哪儿呢，光天化日之下？啊——小酒馆。我向前走，走到离这里最近的酒馆，推开门——奥沙利文先生果然坐在吧台边上。“记得我吗？”我问。老头回头瞥了我一眼，很快转过头，继续盯着吧台后头的酒，根本不理我。快想办法，我催促自己。我必须告诉他我的坏消息，求他跟我去移民局。但我明白，他才懒得管我。“事情是这样的，奥沙利文先生。移民局把我的护照拿走了。他们要见你一面，问你几个小问题，然后就没事了。他们要确定我们结婚了。那个混蛋律师——我找不到他。他消失了。现在只有你能帮我。”他直勾勾地盯着前方，喝了一口酒，摇摇头。“嘿，我给你了两千镑哪！”

他的注意力总算转到我身上。转过身来望着我，他嘴巴吃惊得张着老大:“小妞儿,你只给了一百五。我这辈子都没见过两千镑,不然,怎么会在克罗伊登这种鬼地方待着?”

“我给了哈罗德·惠勒两千镑,他才安排你娶我的!”

“这钱他反正没给我。你自已傻,关我屁事。”我低三下四地求奥沙利文先生,但他根本不愿搭理。我跟他说带他打车去移民局,他不用挤火车,可他黏在吧台边,死也不愿起身。

怎么才能让他跟我走呢?我说:“喂,我给你钱,更多钱。先去移民局,然后去酒馆,你想喝多少都可以。我买单。”听到这句话,他转过身,扬起眉毛,仿佛提起了一点兴趣,但还没全信。华莉丝,再加把力。“威士忌,很多很多威士忌,摆一整个吧台的威士忌给你怎么样?我明天到你家接你,然后打车去伦敦。只花你几分钟。你回答几个小问题,我们就直奔酒馆去,好吧?”他点点头,又转过脸继续盯着酒瓶去了。

第二天一早,我又到了克罗伊登,敲响了老头的门。没人应。顺着空荡荡的街,我走到昨天的酒馆里,可里面只有系着白围裙的老板,边喝咖啡,边看报纸。“你看到奥沙利文先生了吗?”

老板摇摇头:“太早了,他还没来。”我赶紧往那个满嘴谎言的老瘪三家里赶,砰砰擂门,还是无人应。我只好坐在门口的台阶上等。一股尿臊味,我捏着鼻子。正在心里盘算怎么办,两个二十来岁的年轻人走过来,在我面前停下。他们俩都一身匪气。

“你是什么人?”其中一个朝我吼道,“坐在我们老头家门口干吗?”

“哦,你们好。”我和颜悦色地回答,“你们也许不知道,你们的父亲娶了我。”

他们俩死盯着我,个子更大的那个咆哮道:“什么? 你他妈说什么?”

“是这样的。我遇到了大麻烦,需要你们父亲帮忙。只要他跟我进城到一个办公室回答几个问题就行了。他们把我的护照扣了,我必须拿回来,求你们了……”

“滚你个婊子!”

“喂,我把所有的钱都给你们父亲了。”我指着前门,“他不跟我走,我就守在这儿。”然而,做儿子的可不这么想。大个子从外套里抽出一根棍子,高高扬起,作势要敲碎我脑袋。

“守在这儿? 哼! 我们揍扁你! 跑这儿来胡说八道,我们要好好教训你——”另外一个放声大笑。我看着他的嘴,里面缺了好几颗牙。我不能再傻坐着了。这两个人是不折不扣的亡命徒,他们把我打死在房子前头也不会有人知道,更不会有人管。我跳起来就跑。他们追了我几条街,看到我被吓跑了才心满意足地停下来。

回到家,我决心第二天再访克罗伊登,不找到老头决不罢休。没有别的出路了。幸亏有弗兰基,他不仅让我免费住,还买食物给我。欠他的情不说,我还找其他的朋友借过钱,对付日常开销。这样下去,我撑不了多久。自己所有的钱都被那个混账移民律师给骗了,没有护照又没法工作。还有什么可失去的呢? 不小心的话,最多会被打掉几颗牙。不过,我比那两个混蛋聪明,躲过他们应该不难。

第二天下午,我又去了那地方。小心翼翼地绕过那一片街区,没敢在老头家门口停留。找了个小公园,在长椅上坐下,还没过几分钟，奥沙利文先生迈着方步路过。不知为何他心情很好，没花我什么工夫，就答应跟我一起搭出租车，去伦敦城里。“你会给我钱吧？”我点头。“还请我喝酒？”

“等事情搞完，你想喝多少我都买单。不过你跟移民局的人说话时得正经点。他们是一群混球。从移民局出来，咱们就去喝酒……”

我们走进移民局，移民官瞅一眼奥沙利文先生，表情严厉地问：“这是你丈夫？”

“对。”

“奥沙利文太太，别跟我们绕圈子了。到底是怎么回事？”我叹了一口气，知道再耍把戏也无济于事，便把一切和盘托出：我的模特生涯，哈罗德·惠勒，还有所谓的结婚。移民局的人对惠勒先生特别有兴趣。我把自己能想到的一股脑倒了出来，还有他的地址。“过几天等调查结束，我们会联络你，跟你交接护照。”就这样，我们离开了移民局。

一出大门，奥沙利文马上吵着要去喝酒。“好吧，你要钱？给你……”我拿出包里最后的二十镑递给他，“你走吧。我不想再看到你。”

“才二十镑？”他抖着手里的钞票，“你才给我二十镑？”我转身往前走。“臭婊子！”他大叫，弯下腰，“你这个臭婊子！”路人纷纷望着我。他们肯定都在想，我要是婊子，为什么倒给他钱呢？

过了几天，移民局给我打电话，要我过去。他们说正在调查哈罗德·惠勒，不过目前还没什么进展。惠勒的秘书说他去了印度，不知何时回来。移民局给我发了一本临时护照，只有两个月的有效期。终于可以从这一堆麻烦里暂时抽身，我发誓要好好享受这两个月。

我会讲点意大利语，便决定先去意大利。虽然基本都是从妈妈那里学的骂人话，不过总会派上用场吧。我酷爱米兰，在这里走过好几场时装秀。这期间，我结识了另一个模特儿茱莉。她高高的个头，齐肩金发，身材凹凸有致，常做内衣模特。我们俩一起走遍了米兰的大街小巷，玩得不亦乐乎。这里的表演季结束后，我们继续前行，闯荡巴黎。

这两个月里，我跑了很多新地方，结识了无数新朋友，尝到了各种风味的食物，过得兴高采烈。虽没挣到大钱，但一边玩一边工作，还是过得去。做完巴黎的工作，我和茱莉一起回到伦敦。

回去之后，我遇到了一个来自纽约的经纪人。他为了寻找新人，来到伦敦，盛情邀请我去美国，说能帮我接到大堆的模特工作。这自然正中我下怀，对黑皮肤模特儿来说，纽约是最有利可图的市场。经纪公司做好了安排，我便申请签证去美国。

美国使馆审查了我的证件资料，马上联络了英国政府。这一知会不要紧，我接到一封信，通知会在三十天内将我驱逐出境，遣返索马里。眼泪汪汪的我打电话给茱莉。她和她弟弟一起住在切尔滕纳姆。

“我惨了——真惨了。一切都完了。我要被遣返索马里了。”

"华莉丝,不会吧!要不你先过来住几天,放松一下?坐个火车就过来了,切尔滕纳姆离伦敦只有几个钟头,风景很美。到乡下住几天肯定对你有好处,也许我们能想出点办法来。"

茱莉到车站接我,我们开着车,穿过大片绿油油的田野。刚在起居室坐下,茱莉的弟弟尼盖尔走了进来。他个子也很高,面色苍白,留着长长的金发,牙齿和手指都被烟熏成黄色。他托着茶盘给我们送了茶,然后坐在那里一根接一根地抽烟,听我诉说护照给我带来的大堆麻烦,现在又将如何收场。

尼盖尔靠在椅背上,交叉着双臂,突然冒出来一句:"别担心,我帮你。"

我才认识他三十分钟而已,这句话把我的下巴都惊掉了,我说:"你准备怎么帮我?你能干什么?"

"我跟你结婚吧。"

我摇摇头。"不,不。我已经吃过这套把戏的亏了。不然,现在也不至于惨成这副样子。够了,我受够这些狗屁事了。我要回非洲去,在那儿好好过。我的家人都在那儿,我熟悉的一切都在那儿。对英国这个疯疯癫癫的国家,我啥都不明白。这儿就是一团糟。我想回家。"

尼盖尔从椅子上蹦起来,跑上楼。回来时,他手里举着那份登我照片的《星期日泰晤士报》。这报纸都出版了一年多,远在我认识茱莉之前。"你拿这个干什么?"

"我知道有一天肯定会遇见你,所以一直留着这张报纸。"尼盖尔指着照片里我的眼睛,"看到这张照片时,我在你眼睛里看到一滴泪,看到有泪水从你的脸颊落下。我看到照片上的你在哭,知道你需要帮助。安拉告诉我——安拉告诉我，我必须救你。”

见鬼。我眼睛瞪得老大，心里想，这又是打哪儿跑出来的神经病？需要人救的是他才对。然而，那个周末，尼盖尔和茱莉反反复复地跟我说，要我放心。既然尼盖尔愿意帮我，干吗不让他帮呢？我在索马里能有什么前途？等着我的是什么？山羊和骆驼？疑问一直萦绕在我心头，我问尼盖尔：“这么做你有什么好处？你为什么自找这么大的麻烦，跟我结婚？”

“跟你说了——我不图你什么。是安拉把我送到你身边。”我跟尼盖尔解释，结婚不是跑一趟登记处那么简单的事，我已经结过婚了。

“你可以把他离了，然后我们跟政府的人说咱们打算结婚。”尼盖尔说，“他们不会遣返你，我陪你去，我是英国公民，他们不会拒绝我的。喂，我可是为你好，想帮你。能做什么，我都会做的。”

“那非常谢谢你了……”

茱莉加进来：“你看，尼盖尔能帮你的话，你干吗不让他帮呢？试试看总可以吧，你也没什么别的办法啊。”接连听了他们好几天的游说，我想，茱莉总算是我的朋友，尼盖尔又是她弟弟，我知道他住哪儿，应该可以相信他。茱莉说的也有道理——试试看总可以吧。

绝对不想再独自一人撞见奥沙利文的两个儿子——我和尼盖尔、茱莉商量好，尼盖尔陪我去找奥沙利文先生谈离婚的事。只要跟这个老头沾上边的事，以我的了解，不给钱，他绝对不会动一下。我不由叹了一口气，这件事真是想起来都令人心力交瘁。可是，茱莉和尼盖尔一直在旁鼓劲打气，我好歹乐观了些。“我们走吧。”尼盖尔说，“现在就上车，去克罗伊登。”

我带路，我和尼盖尔开车赶往老头家附近。尼盖尔开车时，我警告他说：“你一定要小心。他那两个儿子都是疯子。说实话，我都不敢下车。”尼盖尔笑了。“嘿，我是认真跟你说的。他们上次一路追我，还想打我——绝对是暴力分子。咱们必须小心。”

“不用这么紧张，华莉丝。我们不过跟老头说一声离婚而已。没什么大不了的。”

到奥沙利文先生家时，已近傍晚。我们把车停在路边，尼盖尔去敲门，我一直不安地前后张望。没人应门，我都习以为常了。肯定得跑一趟街角的小酒馆，我想。

尼盖尔说：“咱们绕到后面的窗户去，看看他在不在。”他个子够高，很容易就能看到里头。可扒了好几扇窗户，还是没看到人影。他一脸迷惑看着我：“我觉得不对头。”我暗想，你总算开窍啦。这老变态早就让我觉得不对头。

“你什么意思？”

“我也不知道……就是感觉吧……也许我能从这扇窗户里爬进去。”他这么说着，咚咚用手掌捶玻璃，想弄开它。

旁边的女邻居走出来，对我们喊道：“你们要找奥沙利文先生么？我们好几个星期没看到他了。”她站在门口看我们擂窗户，双臂合抱在围裙上。尼盖尔在窗户上拍出一条裂缝，一股令人作呕的臭气扑面而来。我掩住口鼻，跑到一边。尼盖尔透过裂缝往里望：“他死了——躺在地板上呢。”

我们要女邻居打电话叫救护车，跳上车开走了。这么说有失良善——但那一刻，我只感到轻松。

之后不久，尼盖尔和我结婚了。政府终止了遣返我的手续，不过明白地表示，他们认为这次婚姻又是骗局。当然，他们没猜错。尼盖尔和我商量，在拿到护照前，我最好搬到他在伦敦西边克茨沃尔德山脚下，切尔滕纳姆的家里。

先在摩加迪沙住，又在伦敦待了七年之久，我几乎忘了自己曾多么热爱大自然。葱绿的原野上散布着农场和湖泊，这幅景象当然和荒芜的索马里大不相同，而比起高楼大厦和窗户都没有的摄影棚，在户外漫步是多么惬意啊！在切尔滕纳姆，我奔跑、漫步、采摘野花，甚至在野外撒尿，享受沙漠里游牧时代的快乐。好几次都被人看到我在灌木丛里的屁股。

尼盖尔和我分房睡，像室友一般地生活，并非事实夫妻。我们约好，结婚只是为了帮我拿护照。尽管我工作赚钱后，提出要在经济上支持他，尼盖尔坚持不要任何回报，说听从安拉的旨意，帮助别人带来的快乐就已经足够了。一天早晨，因为要去伦敦试镜，我比平时起得早，六点钟已经下楼。尼盖尔还在他屋里睡觉，我打开咖啡机，戴上黄色橡胶手套，开始洗碗。门铃响了。

手套上的肥皂水滴滴答答，我打开门，外面站着两个穿灰西装的男人。脸色也同样灰暗严肃，手里拎着黑色公文箱。“理查兹太太吗？”

“是啊。什么事？”

“你先生在吗？”

“他在楼上。”

“请让一下。我们是政府派来办理公务的。”他们不说我也看出来了，一般人怎么会这样到处跑？

“请进吧，请进——要不要咖啡什么的？请坐，我去叫他下来。”他们在起居室舒适的大椅子上坐下，但背还是挺得笔直。“亲爱的，”我甜蜜地喊尼盖尔，“请你下楼来好吗？有人来了。”

尼盖尔睡眼蒙眬地走下楼，头发纠成一团。“你好。”尼盖尔一眼就看出了这两个人的来历，“有什么事？”

“是这样的，我们想问你几个问题。首先，我们要确定你和你太太一起生活。你们确实住在一起？”

尼盖尔毫不掩饰脸上的嫌恶，我知道有好戏看了，倚在墙边等着开场。“你们现在不是看到了吗？你们觉得呢？”

两人紧张地在房间里四下望望。“是的。先生，我们相信你，不过还是得检查一下房子。”

尼盖尔的脸色一下子阴云密布：“我不允许。我不管你们是什么人。她是我妻子，我们一起生活，你们都看到了。你们招呼都没打就跑过来——我们衣服都没穿好——从我家滚出去！”

“理查兹先生，你别生气。根据法律规定，我们必须……”

“你们让我恶心！”我心里想，喂，快跑吧，趁着能跑赶快跑。然而这两个特派员只傻傻地坐着不动，被惊得脸色苍白。“马上滚出我的家！如果你们再敢过来，或打电话到这里，我就开枪！我——我愿意为她去死！”尼盖尔指着我吼道。

我只能摇摇头，暗自思忖：这个男人疯了。他是真爱上我了，我要倒大霉。我到底在干什么啊？应该回非洲去的，回去好得多。

在切尔滕纳姆住了几个月之后，我对尼盖尔说：“你好好收拾收拾自己，买点好衣服，找个女朋友如何？我来帮你。”

他回答:“女朋友?我才不要什么女朋友。我有老婆的,要女朋友干什么?”

他每次说这话,我都暴跳如雷:“你他妈把头塞到马桶里去冲冲吧,神经病!别做梦了!从我的生活里滚出去!我不爱你!我们有约在先——是你非帮我不可,可我不会做你的妻子。我才不会为了让你高兴,就假装爱你!”然而,尽管我们有约在先,尼盖尔心里早就另打主意。那天,他对上门检查的特派员吼得脸红脖子粗,对自己的每句话都深信不疑。而我,不得不依赖于他。我虽喜欢尼盖尔这个朋友,对他伸出援手也心怀感激,但情感方面,我一点儿也没动心。事情越来越乱,他老把我视为他的爱妻,他的私人财产,我恨不得杀了他。我意识到自己必须尽快离开,不然也要发疯了。

护照这个大难题,依然困扰着我。尼盖尔知道我得依靠他,越发不可一世,死缠着我不放——追问我在哪儿,在干什么,和什么人在一起。他哀求我爱他,但他越是哀求,我就越是厌恶。为了不失去理智,我偶尔会去伦敦工作,或拜访朋友,不放过每一个能从他身边跑掉的机会。

然而,和一个疯子一起生活,我自己也越来越神经质。护照——我那通向自由的车票——仿佛永远也等不到,我身心俱疲。一天去伦敦的路上,我站在月台边,恨不得纵身跳向疾驶而来的火车。这几分钟里,听着火车的咆哮,冷风穿过头发,我想象着这几百吨的钢铁碾过我的骨头和肉身。多想痛快地了结这一切啊!但是,我问自己:凭什么要为这样一个可悲的男人放弃生命?

还是要说一句尼盖尔的好话——等了一年多之后,他去移民局大闹了一场，逼着他们给我发了临时护照。他大吼大叫："我太太是国际模特，没有护照怎么能出国工作！"砰的一声把我的照片专辑丢到桌上："我他妈是英国公民，你们这样对待我太太——简直太下作了！我都不好意思说我是英国人！我要求你们现在就解决这件事！现在！"这一次之后没过多久，政府把我的索马里护照收走了，发了一份新的临时护照。我可以自由离开英国，但必须频繁更新护照。里面盖了这样一个章："允许在索马里以外任何国家通行。"没有什么能比这句话更让我丧气的了。索马里那时在打仗，作为英国居民，英国政府要为我负责，自然不希望我冒险。读到这句话，我轻声对自己说："天哪，我到底干了什么？连回自己的祖国都办不到了！"现在，我彻头彻尾成了异乡人。

假如有人事先告诉我这件事，我会说算了，还是要我的索马里护照。可没人告诉过我。现在为时已晚，无法回头。既然回不了索马里，只有一条路可走——继续向前。我申请到了美国签证，订好去纽约的机票，独自起飞。

Chapter 14

广阔天地

尼盖尔坚持要和我一起去纽约。他从没去过纽约，可却像对纽约了如指掌："那地方乱极了。还有你，华莉丝——你压根儿不知道自己在干啥，去的啥地方——没我，你准对付不了。你单枪匹马有危险。我来保护你。"保护我？可谁来保护我免受他的骚扰？他可爱的本事之一就是，每逢争论，就不断重复自己的歪道理。一遍又一遍，一遍又一遍……活像只癫狂的鹦鹉，不管你怎么跟他争，最后只好认输。和他，无法讲理。不过这次我可不让步。纽约之行是我自己前程的大好机遇，不仅对我的职业有好处，而且是一个崭新的开始，脱离英国，脱离尼盖尔，脱离与他的全部病态关系。

1991年，我独自抵达美国。我纽约经纪公司的登记员把自己的公寓套间让给了我，自己去住朋友家。房子位于格林威治村，正好在曼哈顿的热闹中心。套间除开一张大床，没什么东西，但这种简单正合我意。

刚到纽约，经纪人就有一大堆活儿等我干。我立刻开始奔忙——从未这么忙乱，也从未挣过这么多钱。抵达后的头一星期，每天都在干活。奔波四年，四处找工作，如今有活儿可干，我真没啥好抱怨的。

一切顺利，直到有天下午，拍摄中场休息时，我给经纪人打电话核对次日的安排，登记员告诉我："你丈夫打过电话，他已在路上，今晚到公寓会你。"

"我丈夫——你把我住址给他了？"

"嗯哼。他说你走前太忙乱，忘把地址告诉他了。你丈夫很可爱，跟我说'就想确认她一切安好，她可是头回到纽约'。"我啪地挂上听筒，站在那儿气得直喘粗气。无法置信！好吧，就算相信，可这次他还是太过分了。不能责怪那个可怜的经纪人——他不知道尼盖尔其实不是我真正意义上的丈夫。我怎么好跟他解释啊？我们尽管是结婚了，可他是个疯子——嫁给他是为了他的护照，因为当时我是非法居留的外国人，人家要把我遣返索马里。明白吗？好了，关于明天的安排…… 最可怕的是，在法律上，我的的确确和这个疯子结了婚。

那天晚上，工作结束回住处时，我下定决心。如事先所知，尼盖尔来了，敲敲门。让他进来，但在他还没来得及脱掉外衣之前，我就先发制人，冷冰冰地不容他插嘴："好啦，咱们走，带你吃晚饭去。"一等在公共场所坐好，我就跟他摊牌："听着，尼盖尔，我受不了你，我受不了你。你让我讨厌！你在旁边，我没法工作，没法想事，又烦躁又紧张。我只想你赶紧走。"我明白这些话很难听，伤害他也并不会给我带来快乐。可我孤注一掷。也许狠心些，刻薄些，他才会明白我的意思。

尼盖尔一副可怜相，我有些自责。"好吧，你意思很明白。我不该来的。明天我头班飞机就走。"他道。

“好哇！走吧！明天我从摄影棚回家，可不想再看到你。我在工作——可不是度假。没时间对付你的胡闹。”但第二天晚上回到家，他依然还在，就坐在黑灯瞎火的房间里看着窗外。样子无精打采，孤独忧伤。但他就是不走。我尖叫起来，他答应第二天就走。又一个第二天。最后他终于回伦敦去了。我心想，感谢上帝，总算得到安宁。活儿越来越多，在纽约的日子不断拉长。尼盖尔没容我多些安宁。不知他如何窃取了我的信用卡号，用来给自己买机票，又飞回纽约两次，共计三次，次次来前都不打招呼。

尽管与尼盖尔陷入僵局，我生活的其他一切倒是顺风顺水。在纽约，我开心结识了很多人，职业也如一飞冲天，为贝纳通、李维斯工作，还身穿非洲白色长袍，为珠宝商宝曼兰朵拍系列电视广告，为露华浓拍化妆品广告，代言这家公司新推出的香水：阿吉(Ajee)。广告语是：“来自非洲之心的芳香，捕获每位女士的心。”这些公司相中的是我与众不同的异国相貌，而正是这相貌，令我在伦敦无法得到工作。为奥斯卡金像奖，露华浓专门拍摄了一条电视广告，我与辛迪·克劳馥、克劳迪娅·希弗、劳伦·哈顿一起登场。广告里，我们每个人要提出并回答同一个问题：“什么样的女性带来革命？”我的回答概括了自己非同寻常的生活历程：“来自索马里的牧羊女成为露华浓的模特儿。”

后来，我又成为玉兰油的首位黑人广告模特，还为罗伯特·帕尔默①、肉馅糕②拍 MV。这些项目好似滚雪球，很快，我就在大牌时尚杂志崭露头角——包括《世界时装之苑》(*Elle*)、《魅惑》(*Allure*)、《魅力》(*Glamour*)，意大利版和法国版的《服饰与美容》(*Vogue*)。与时尚业的超级大牌摄影师合作，包括传奇人物理查德·阿维顿。虽说阿维顿比他拍摄的模特儿名气更大，我喜欢他，因为他既务实又风趣。他干这行几十年了，还不断征求我对拍摄的意见："华莉丝，你觉得这个如何？"他的用心垂问，令我感动。理查德和我的首位大牌摄影师特伦斯·多诺万，都是我敬重的人。

多年来，我慢慢明白自己喜欢和哪些摄影师合作。摄影师天天拍照，这工作听来轻松，但随着阅历的增长，我逐渐能分辨出照片质量的巨大差别，至少从自己这个拍摄对象的角度来看。优秀时尚摄影师能清楚展现并增强模特儿的真实个性，而不会把自己预先想好的形象强加给模特儿。对这样一些摄影师的偏好，也许也跟自己的心态有关——随着年龄的增长，我更懂得欣赏自己，更懂得欣赏自己与模特行业中其他女性的不同之处。这一行中，人人身高六英尺，肤白似玉，如丝长发直抵膝头，而我身为黑人，形同异类。与我合作过的一些摄影师用光、用化妆品、用发型师，想把我变得不是我，可我不喜欢这样工作，也不喜欢最终效果。我觉得，你要是喜欢辛迪·克劳馥，就该请她本人来，用不着雇一个黑女人，往她头上扣一顶长假发，往她脸上抹一大块浅色粉底，造出一个古里古怪、黑人版的辛迪。我乐意合作的摄影师们懂得欣

① Robert Palmer，英国著名歌手。
② Meat Loaf，美国著名摇滚乐手。

赏女人的天生丽质,能千方百计发掘她们自然的美丽。拍我,肯定并不容易,但我尊重他们的努力。

我名气越来越大,责任越来越多,日程排得满满——又是试镜,又要走秀,还要拍摄。因为讨厌戴手表,生活节奏快得让我难以把握。用老办法估计时间好难。曼哈顿林立的摩天大楼之间,没法观察自己的身影长短。结果约定的时间我老迟到,给自己惹了好多麻烦。我还发现自己诵读困难,老跑错地方。经纪公司把地址写给我,可我总是把门牌号读反。人家给我百老汇 725 号,我却跑到百老汇 527 号,还纳闷人都去哪里了。这种情况在伦敦也发生过,但纽约的活儿多得多,我这才明白问题严重。

经验越来越丰富,我也越来越自信。所有的工作里,我最喜欢走 T 台。一年两度,设计师们会举行时装秀,发布新作。时装季从米兰开始,连续两周。接着到巴黎,再到伦敦,再到纽约。应对这种生活,当年的游牧岁月给了我充分的底气——轻装简行,干完就走,随遇而安,尽情享受。

米兰时装周一拉开帷幕,模特业的所有大女子、小姑娘以及梦想做模特的所有大女子、小姑娘就齐刷刷往米兰涌去。倏忽之间,城市挤满身材高得出奇的女人,四下乱窜,蚂蚁一样。每个街角,每个巴士站,每间咖啡屋,都会看到她们——模特。瞧,那儿来了一个。又来一个。瞧,那儿又一个 。一眼就知道,错不了。有的人友好地打招呼:“你好!”有的人只管互相打量;有的互相认识;有的完全陌生,头回独自来这儿,怕得要命;有的相处愉快;有的吵闹不合；形形色色，应有尽有；谁说她们互相不嫉妒？哼，一派胡言——妒忌眼红者多了去。

经纪人会帮你安排时间，模特们在米兰到处跑，玩命试镜，尽力在秀场争上一席之地。此刻，你才明白模特这行并非一派光鲜亮丽，根本不是。一天当中就可能有七次、十次、十一次试镜！很辛苦，很辛苦，整天疲于奔命。没时间吃饭，因为你不仅现在得试镜，往下还有两场，都不能迟到。终于赶到下一场试镜的地方，却发现已有三十位姑娘在排队，而且她们统统排在你前头。轮到你了，你给客户看作品簿——以你为主题的照片集，要是客户还中意，会要你走几步。要是真的喜欢，会要你试穿件衣裳。这就算完了："非常感谢！下一个！"

你不知自己能否被录用，也来不及担心，因为马上就得赶往下一场。人家要是对你感兴趣，会跟你的经纪人联系，把你列入名单。与此同时，你最好早点学会别想太多，别为失去真心想要的活儿垂头丧气，别为遭到自己喜欢的设计师的拒绝而心烦意乱。一旦你开始磨叽：哦，我得到这份活儿了吗？会得到吗？为什么没得到？你就把自己折磨疯了，尤其被拒绝的时候。要是为这个烦恼不已，很快就要垮了。慢慢的，你会明白，其实大部分试镜，结果都是失望。起初我心里总是难过：哎呀，为什么没拿到那份活儿？可恶！真想要那份活儿！但后来就学会了这一行的座右铭——这就是生活①。哼，去他的吧！没法子，人家不喜欢你，就这么简单。这不是你的错。人家找的是身高七英尺、体重八十

① 原文为法语：C'est la vie.

磅、金色长发的女郎，当然不会对你华莉丝感兴趣啦。接着走吧，姑娘。

有客户录用，你便得回去，试穿走秀时要穿的服装。这种种忙乱都还是准备阶段，我们还没说到正式上场呢。你渐渐疲惫不堪，睡不好觉，吃不好饭。模样憔悴，皮包骨头。越来越瘦，越来越瘦，还要挣扎着保持容光焕发，因为你的事业就靠这张皮相。然后你会问自己："干吗要这么干啊？我来这儿干吗？"

时装周开始了，可有的时候你还同时在试镜，因为所有秀都在两周内举行。表演当天，你得提前五小时到场。所有姑娘都挤在那儿，你化好妆，坐在一旁；然后做好发型，又坐在一旁，等待开场。接下来，你得换上第一套服装，站在一旁，因为坐下来就会弄皱衣服！秀正式开始，突然乱成一团——场面彻底疯狂。"哎呀！你在哪儿？在干吗？华莉丝在哪儿？娜奥米在哪儿？快过来！到前头来——快点儿！你第九个。你下一个。"当着所有生人的面，你把服装一把拉上身——"啊，啊，我来了，来了——等一下。"人人都在猛推别人——"你干吗？给我让道——该我啦！"

接下来，千辛万苦之后，最美的瞬间终于来临——该你上场了。你就是下一个，站在T台旁。然后，砰！你走上T台，灯光耀眼，音乐震天，所有的目光都投向你。你趾高气扬朝前走，展现自己的所有魅力——我就是明星！你们统统——看着我！你的发型和妆容，都出自这一行的顶级高手；你穿的衣裳，都贵得不可想象，你做梦都买不起。然而，那几秒钟里，华服属于你，你知道自己美艳不可抵挡。身体的每根神经都无比兴奋，走下T台时，你简直等不及换装，就想马上再次上场。准备了那么久，一场秀不过二三十分钟。但你一天之中可能要走上三场、四场、五场。所以,这场一结束,你就得冲出门去赶下一场。

米兰的两周狂乱刚结束,设计师、化妆师、发型师和模特,大队人马又赶往巴黎,活像一帮吉卜赛人。接下来,米兰那一套再次从头上演,之后又是伦敦和纽约。弄到最后,人简直坚持不住。纽约的活儿一干完,最好赶紧休假。你就想去一个连电话都不通的小岛,好好放松一番。要不然,你若不休假还坚持干的话,肯定会因过度劳累而精神失常。

做模特很好玩。我承认,喜欢这行的光艳美丽。但其残酷也足以毁掉一个女人,对初出道、不够自信的年轻女子更是如此。我工作时,会有发型师或摄影师冲我哇哇惊叫:"上帝呀!你的脚怎么搞的?怎么脚上满是难看的黑疤子?"我能如何回答?我那双脚曾被索马里沙漠中无数石头和尖刺戳伤,而留下疤痕,这些伤痕唤醒我童年的记忆——那十四年我无鞋可穿,只能光脚走路。这一切,我如何向巴黎的设计师解释?

试镜时,每逢人家要我穿超短裙,我立刻觉得难受。走上前时,只得单脚站立,扭动身体,盼人家别发现我的问题。我是罗圈腿——游牧家庭营养不良的结果。为这双罗圈腿,这令我无可奈何的身体缺陷,我曾多次遭到解聘。

我曾为这两条腿深感羞耻,深感受伤,去找过医生,盼他能帮我弄直。我对医生说:"请把我腿弄断吧,修直吧,省得我再受人家的气。"然而,感谢上帝,大夫说我年龄太大,骨头已成型,没法修了。随着年龄增长,我心想,得啦,这就是我的腿,是我身份和出生地带来的。更多了解自己的身体后,我逐渐喜欢起这两条罗圈腿来。假如当时为了走五分钟的秀,我真去把它们敲断弄直,如今我会对自己多么多么生气！弄断这两条腿为了啥——就为哪个设计师的衣裳穿起来好看吗？如今,我为自己的腿感到骄傲。它们是我生命历史的一部分。我的罗圈腿载着我行走千里,穿过沙漠。我慢悠悠、起伏有致的步态,是一个非洲女人的步态,诉说着我身上的文化传承。

做模特的另一个问题是,时尚业,与其他任何行业一样,总有些讨厌的人。也许因为有的取舍实在关系重大,人们会心烦气躁。记得曾为一家主流时装杂志与一位艺术总监合作,在我看来,这个女人就是尖酸刻薄与暴躁刁钻的化身,把拍摄弄得像场葬礼。当时我们正在加勒比海岸,在一座美丽的小岛上工作。这地方美似天堂,我们大家本可以干得很开心——来这里拍照还能挣钱,而别人却得花大钱才能来度假。但这个女人不同。一到摄影地,她就跟我过不去:"华莉丝,你真得打起精神来！赶紧起床,动作快点——懒骨头！跟你这号人一起工作真受不了!"她还给我纽约的经纪人打电话,埋怨我是傻瓜,不肯干活。我的经纪人莫名其妙,我自己更摸不着头脑。

这位艺术总监真是可悲。显而易见,她心情沮丧——没男人,没朋友,没人爱。她所有的生命,所有的爱,所有的激情,全都倾注于工作,除开工作一无所有。她拿我出气。我敢肯定,我不是头一个,也不会是最后一个。这种日子过了几天,我对她的同情消失殆尽。我看着她,心想,对付此人有两个办法:要么抽她一耳光,要么看着她笑,一言不发。我决定,一言不发为好。

最可悲的是,我无数次眼睁睁看着类似这个艺术总监之流,如何折磨那些刚入行的小姑娘。这些姑娘不少还是小孩子。她们离开俄克拉荷马、佐治亚或北达科他，飞到纽约、法兰西或意大利，孤身一人闯天下。她们常常既不认识那个国家，也不懂那种语言。她们天真无邪，结果被人利用；她们承受不了被客户拒绝，结果崩溃。她们缺乏阅历，缺乏智慧，缺乏内在力量，不明白错并不在她们自己。许多女孩子最终哭哭啼啼踏上回家的路，辛酸痛苦。

这一行里恶棍骗子多的是。许多女孩拼命想当模特儿，结果落入骗局。所谓经纪公司借着作品集为名，收取她们一大笔费用。我自己被哈罗德·惠勒骗过，对这种行径深恶痛绝。做模特是为了挣钱，而不是出钱。谁想做模特儿，该花的就是去见经纪公司的巴士票钱。可以自己查找黄页啊，打电话啊，跟经纪公司约会面时间啊。要是经纪人开谈费用——应该撒腿就跑！合法的经纪公司要是认为哪个姑娘相貌合适，适逢其时，人家自然会帮她拍摄作品集，会登记约见，会安排试镜，工作自然到手。

模特行业有讨厌的人，工作条件也不总如人意。我曾接过一个与一头公牛合拍的项目。但直到从纽约飞抵洛杉矶，再乘直升机飞进沙漠，我这才明白得与公牛打多少交道。

我们完全与世隔绝，待在加利福尼亚的大沙漠里，只有我、摄制组，还有一头魔鬼般的黑色大公牛，头顶长一对又长又尖的犄角。我钻进小拖车做发型、化妆。完事后，摄影师带我出来走向这头公牛，说："跟撒旦打个招呼吧。"

"哦哦，你好，撒旦。"我喜欢这头牛，"它好漂亮，了不起。可是，没危险吧？"

“啊,当然没危险。这位就是主人。”摄影师指向那个抓着牛绳的人,“他知道该怎么办。”摄影师把项目解释给我听,照片会用在一种酒的酒瓶标签上。我得裸体坐在牛背上。裸体！我大吃一惊，抵达之前完全不知情。可我不愿当众发作,就想快快拍完了事。

我同情这头牛,沙漠里热死了,牛鼻子湿嗒嗒的。牛的四蹄都被锁定,动弹不得,虽是庞然大物却一副可怜巴巴的模样。摄影师放下双手做梯镫,托我上了牛背。“趴下,”他挥手下令,“跨坐在牛背上——上身趴在牛背上,两腿伸长。”我一面尽力使自己看起来美丽轻松,开心性感,一面嘀咕,这家伙只要拱拱背,把我颠下去,我就死定啦。突然,感到那头牛毛茸茸的脊背在我的光肚皮下面一收紧,但见莫哈维沙漠景色从旁飞过,我划过空中,砰地摔到滚烫的地面。

“你没事吧?”

“没事,没事。”我尽量装强悍,不露惊慌,不愿任何人管华莉丝·迪里叫胆小鬼——怕一头老牛！“没事,再来。扶我上去。”摄制组把我扶起来,拍掉灰尘,我们重新开始。沙漠里的热浪显然让牛烦躁,它又把我甩下来两回。第三次摔下来,我扭了脚脖子,很快就肿起来,立刻阵阵作痛。“哎呀,你拍好没有?”我从地上喊道。

“哦,要能再拍一卷就太美啦……”

谢天谢地,和公牛合拍的照片最后没有公开。不知什么原因,那照片一直没采用。我倒很高兴。试想一伙老男人坐着喝酒,盯看我的光屁股,那场景该多丧气。这个项目之后,我决心不再接拍任何裸体照。就是不喜欢。为挣那份钱,感受脆弱,赤条条站在众人面前,尴尬无奈,只等中间休息就跑去抓一条大毛巾掩身,不值得。

与公牛合拍也许是我最惨的一次。多数时候,我喜欢做模特。真是乐趣无穷的工作!自打特伦斯·多诺万带我到巴斯开始,往相机前头一站,人们就会为我的模样掏钱。这种挣钱方式我从来不习惯,从未真正认为一份这么小、这么小的活儿,就能养活自己。恰恰相反,在我看来,整个模特业就好比一场愚蠢的游戏,庆幸自己能坚持下来。能有机会在这行成功,我总是心怀感激,因为并非每个女孩子都能获得突破。那么多女孩竭尽全力,却常常四处碰壁。

记得年幼的自己,为莫哈默德姨父当女仆时,就一心梦想做模特。还有那天晚上,终于鼓起勇气,问伊曼如何入行。十年后,在纽约一间摄影棚为露华浓拍照,忽然化妆师进来说,伊曼就在隔壁,给自己的新化妆品系列拍广告。我急忙冲出去见她。"哦,你在做自己的新产品呀。我就是索马里人,干吗不用我来给你的化妆品打广告呢?"我问她。

她心怀戒备地看看我,咕哝一句:"哎呀,我可请不起你。"

我用索马里语对她说:"为了你,我可以免费。"好滑稽,她竟一直没认出我就是那个小姑娘,那个为她上过茶的女孩。

奇怪的是,我并未削尖脑袋想钻入模特这一行,是工作自己找上我的门来。也许正因为如此,我才不把它看得太重。快乐并不在于成为“超级名模”或者“明星”，因为我至今不懂为什么模特名气这么大。每天，目睹杂志与电视节目对超级名模大鼓大噪，整个时尚界变得越来越疯狂，我就奇怪：这一切是为了什么？

仅仅因为我们是模特，就有人把我们视为女神，而有人则把我们当作傻瓜。后一种态度我遭遇过很多次，仿佛只因为我靠自己容貌谋生，就一定愚笨。人们满脸得色地说：“你是模特啊？哦，太糟糕啦……你们根本没脑筋嘛。只要往相机前一站，摆出好看的姿态就够了。”

可是，我见过各种各样的模特，没错，也见过没脑筋的。但大多数模特都不比其他人傻，她们也聪明世故，见多识广，别人了解的东西她们同样了解。她们知道如何掌控自己和工作，深谙职业之道。只有那位没安全感的可恶女艺术总监之流，才无法接受有些女人既漂亮又聪明的事实，才一副高人一等的腔调，命令我们安守本分，仿佛我们只是一群会傻笑的笨蛋似的。

我发现围绕模特业、广告业的道德问题复杂得不可置信。我相信世界上最重要的是自然、个人的善良、家庭与友谊。可我却用大大的微笑来推销商品，靠劝人“买下这东西吧，多漂亮啊”这样的方式来谋生。对这一切，我也可以玩世不恭，自嘲“我干吗要干这个？这不是帮着摧毁世界嘛”。但我相信，各行各业，几乎所有的人在某一点上，对自己的工作都可以这么说。模特工作的好处在于可以结识美丽的人，可以见识美丽的地方，体验不同的文化，这使我想为这个世界尽一份力，而不是帮着摧毁这个世界。我不再是个贫穷的索马里人了，现在的我，可以为改变这种贫困做些事情。

对当明星或名人我并没啥兴趣。我喜欢做模特,主要因为感觉自己是世界公民,可以到这座星球上最震撼的地方旅行。很多时候我们会去美丽的海岛拍摄。一有机会,我就溜到海边撒腿狂奔。在大自然怀抱中,在阳光下,自由自在,感觉真好!我会钻进树丛,静静坐下,倾听鸟儿的鸣叫。啊——我会闭上眼睛,闻着甜蜜的花香,感觉阳光照耀脸庞,听着小鸟的歌唱,假装自己回到了非洲。我会试图重温记忆中索马里的那份平和与宁静,假装自己又回到了家乡。

Chapter 15

■ 重返故土 ■

1995年,完成一长串拍摄任务与时装秀后,我溜到特立尼达岛休整。时值狂欢节,人人身穿戏剧服装,手舞足蹈,畅享生命的快乐。我住在一位朋友家里。几天后,有个男人来敲门。这家的女家长,我们称她莫妮卡阿姨,是位老太太,起身应门。下午已迟,外面的日头还毒,但我们待的房间很是阴凉。那男人站在门口,逆着明亮的阳光。我看不清他的脸,但听到他说找一个叫华莉丝的人。莫妮卡阿姨就喊道:"华莉丝,有你电话。"

"电话? 电话机在哪儿?"

"你得跟这个人去。他会带你。"

我跟着这人回他家。他是莫妮卡阿姨隔几个门的邻居,这一带就他家有部电话。我们穿过他家的起居室来到走廊,他指指一只摘下的话筒。"喂?"原来是我伦敦的经纪公司。

"哦,你好,华莉丝。抱歉打扰。BBC和我们联系过。他们说事情紧急,要你立刻和他们取得联系。他们想和你谈拍纪录片的事。"

"什么纪录片?"

"有关做超模的感想啦,你从哪里来,新生活感觉如何之类。"

“这有什么好拍的。老天,他们就不能找点儿更有意思的题材吗?”

“嗯,不管怎么说,你和他们谈吧。我该告诉他们几点钟打你电话?”

“我现在没兴趣跟他们谈。”

“可他们很着急,想马上跟你联系。”

“我不管。告诉他们等我回伦敦再和他们谈。离开这儿之后,我还得先回纽约,再飞伦敦。到伦敦我会给他们打电话。”

“那好吧。我告诉他们。”

可第二天,我离家进城闲逛,那男的又来到莫妮卡阿姨的家,说又有华莉丝的电话。我置之不理。再一天,又是电话。这次我跟那人去了,因为明摆着他们不找到我决不会罢休,会把人家累死。当然,又是经纪公司打来的。“喂,什么事?”

“华莉丝,还是 BBC 的事。他们说很急,一定要和你谈,明天就这个时间会给你电话。”

“听着,我在休假,好不好?我才懒得和他们谈什么事呢。我已经逃开那一切啦。别烦我,也别再烦这位可怜的先生来回跑腿啦。”

“人家只想问你几个问题。”

我叹口气:“看在老天的分上,好吧。告诉他们明天这时间打这个号码。”第二天,我和格里·波默罗伊导演通了话,他给 BBC 拍片。他提了几个关于我生活的问题。

我回答得很干脆:“首先,眼下我不想谈这些,我是到这儿度假来的。你知道啊?那我们下次再谈?”

"很抱歉,这事现在就得定了,而我需要了解些情况。"就这样,我站在特立尼达一个陌生人家的走廊上,对一个伦敦的陌生人讲我的生活经历。"太好啦,华莉丝。我们会再和你联系。"

两天后,那个男人再次来到莫妮卡阿姨家。"华莉丝的电话。"我朝他耸耸肩,摇摇头,跟着他沿街走去。还是BBC的格里。"你好,华莉丝,我们很想拍一部关于你生活的纪录片。片子半小时,作为一集,用在《改变我一生的那一天》节目里。"

这期间,就是接到我经纪人的头一个电话和BBC的第二个电话之间,我一直在琢磨拍纪录片这件事。"好吧,听着,呃,格里——我和你做笔交易吧。要是你们能带我回趟索马里,帮我找到我妈,我就和你们拍这部片子。"他一口答应,觉得我回非洲会给这故事一个很棒的结尾。格里要我一回伦敦就打他电话,然后一起策划整个项目。

因为护照的种种麻烦,索马里的部族纷争,以及无法确定家人的所在地,跟BBC回非洲,将是我离开摩加迪沙以来头一次得到回家的机会。即使我能够飞去摩加迪沙,也不可能打电话给妈妈,要她到机场接我。自BBC答应带我回去那一刻起,我就一门心思只想回家。我和格里及其助手科姆见面多次,策划项目,详谈我的故事。

在伦敦的拍摄立刻开始。我重访所有去过的老地方,从莫哈默德姨父家开始。BBC获准进入索马里大使的官邸。他们还拍了万灵教会学校,就是在这儿马尔科姆·费尔柴尔德发现了我。后来他们还录了对他的采访,问他何以对拍一个默默无名的女仆感兴趣。摄制组还拍下我和特伦斯·多诺万合作的镜头,采访了我的好友萨拉·杜卡斯,伦敦斯托姆模特经纪公司的总监。

到 BBC 决定跟踪拍摄我客串主持一期《灵魂列车》节目之时,整个项目的紧张程度猛增。《灵魂列车》这个电视节目,介绍的都是最好的黑人音乐。我从没做过类似的工作,压力大得要垮了。再加上抵达洛杉矶时患了重感冒,话都说不出来。从伦敦到洛杉矶的旅途,一路上擤鼻子、读脚本、准备表演、坐车,全都被 BBC 摄制组跟拍下来。他们成了不离我身的影子。等到了摄影棚,疯狂更是加了倍——《灵魂列车》摄制组拍摄我,BBC 纪录片摄制组拍摄“灵魂列车”。要说我有什么不愿被记录的,就是这个了。我敢肯定自己是《灵魂列车》节目有史以来最糟糕的主持人,可是唐·科尼利厄斯与制片组对我万分耐心。那一天,我们从上午十点,直拍到晚上九点。这可能是他们最漫长的一个工作日了。跟拍 007 电影处女作时一样,照着提示朗读依然令我头痛。虽说技巧提高不少,但我大声念字时仍然结结巴巴。灯光刺目,当着两个摄制组、好多位伴舞还有数位大歌星,我费尽心力读提示板,这个挑战超过了我的心理准备。他们大叫:“第二十六次!开始!……停!”“第七十六次!开始!……停!”音乐奏响,伴舞起舞,拍摄开始,可我却把台词搅得一团糟——“第九十六次!开始!……停!”伴舞们立即停下,两只胳膊一甩,气哼哼地瞪着我,就像在骂:“这个该死的笨蛋是谁呀?哎呀,上帝!打哪儿找来的她?我们可要回家啦!”

作为客串主持人,我得欢迎唐娜·萨默。这是我的荣幸,唐娜是我挚爱的歌手之一。“女士们、先生们,请热烈鼓掌,欢迎灵魂音乐的王后——唐娜·萨默!”

“切!!”

“又怎么啦?”

“你忘记说她的唱片厂牌啦。看提示板,华莉丝。”

“哦——该死！你把这玩意举高点好吗？举高点！我看不见。别放下。举直点儿——灯光直刺我眼睛。我什么也看不见。”

唐·科尼利厄斯把我拉到角落里,安慰说:“深呼吸。跟我说说你的感觉。”我解释说这脚本不适合我——不是我的套路——不合我的说话习惯。

“你想怎么说？只管说。按你的意思来吧。”他们非常耐心,非常镇定。唐与摄制组让我按自己的意思来,结果我把事情搞得一团糟。他们又帮我补救,帮我完成。拍完这个节目,最棒的是与这样一个团队,与唐娜·萨默一起工作,唐娜还送了我一张她的精选集 CD,签了名。

接下来,BBC 摄制组和我前往纽约。他们跟我到室外,拍摄我的工作场景。我身穿一条黑色薄裙和雨衣,打着把雨伞,沿着曼哈顿的街头来回走。另一个夜晚,摄影师静静坐在角落,拍我在哈莱姆的一间公寓里与朋友们一道做饭。大家很开心,都忘了摄影师在场。

之后的拍摄计划,我要和整个摄制组到伦敦会合,一起飞往非洲。这将是我自逃出家门以来,与家人的首次团聚。我们在伦敦、洛杉矶、纽约拍片期间,BBC 在非洲的工作人员已开始努力寻找我母亲。为找到我家人,我们仔细看遍地图,我尽量指出我家时常游牧的地方。然后,我要仔细数遍我家人所在部落与部族的名称。这件事挺混乱,尤其对西方人来说。BBC 的人已经找了三个月,一无所获。

原计划让我留在纽约拍片,直到 BBC 找到母亲,我再飞往伦敦。然后大家一起去非洲拍摄故事的结局。寻觅计划开始不久,格里打来电话,说:"我们找到你母亲了。"

"噢,太好啦!"

"嗯,我们觉得应该找到了。"

"喂,'我们觉得'是什么意思?"

"是这样,我们找到了一个女的,问她是否有个女儿叫华莉丝。她说是,有个女儿叫华莉丝。是,华莉丝住在伦敦。可是她讲的细节都特别模糊,我们在索马里的人不能确定——这女人是不是另一个华莉丝的母亲,还是怎么回事。"进一步询问之后,BBC 认定这女人不是我母亲。不过,寻找才刚刚开始。突然之间,沙漠热闹起来,好多女人都说是我妈,都有女儿叫华莉丝,住在伦敦。这还真奇怪,我还从没遇到过谁和我一样的名字。

我跟 BBC 的人解释:"这些人太穷啦,懂吗?她们走投无路啊。指望说一声'是的,我们是她的家人',你们就会去她们的小村子拍电影,她们就能得几个钱,买点吃的。这些女人假装是我妈妈,指望捞点好处。她们怎么圆谎,我也不知道,不过她们绝对会想法子的。"

不幸的是,我没有妈妈的照片,不过格里想了个主意:"咱们需要一个关于你的秘密,这秘密只有你妈妈才知道。"

"这好办,我妈给我起过一个小名——Avdohol,是'小嘴巴'的意思。”

“你妈还会记得吗?”

“绝对记得。”

从那时起,“小嘴巴”就成了暗号。BBC 约见这些女人时,开头几个问题她们都顺利通关,但一定会在我的小名上败下阵来。但终于有一天,他们打电话说:“我们觉得找到她了。这个女人不记得你小名,但她说有个女儿叫华莉丝,为在伦敦的大使工作过。”

第二天我跳上航班,飞离纽约。抵达伦敦时,BBC 的班子仍需几天时间做准备。我们要先飞埃塞俄比亚,去亚的斯亚贝巴,再租一架小飞机前往埃塞俄比亚和索马里的边境。航程会很危险。我们不会进入索马里,因为那儿在打仗,所以我的家人只能穿过边境来见我们。我们降落在沙漠中间,没有跑道,只有石头与灌木丛。

BBC 做准备时,我待在伦敦一家旅馆里。尼盖尔来看我。因为处境微妙,我尽量对他和和气气。那时候我在为他切尔滕纳姆的房子付房贷,因为他没有工作,又不肯去找。我甚至还找了绿色和平组织的熟人,为他找了份工作。可他实在难弄,才干了三个星期,人家就炒了他,叫他别再来。自从尼盖尔得知拍纪录片的事,他就一直在跟我纠缠,要跟我们去非洲。“我要去,我得确保你安全。”

我说:“不行! 你不能去。我跟我妈怎么解释? 你算谁啊?”

“哼,我是你丈夫!”

“不,你才不是呢! 得了吧,行吗? 别打这事的主意。”有一点很清楚,他可不是我想带给妈妈看的人,更不能以我丈夫的身份。

刚与 BBC 讨论这项目时,尼盖尔就曾一再要求跟着去。对尼盖尔,格里很快就受够了。我和格里相约共进晚餐,他当天就会打电话给我:“今晚尼盖尔不会跟着你来吧? 华莉丝,求你了,咱们别让他掺和这件事。”

一回到伦敦,尼盖尔就来到我旅馆,又为去非洲的事纠缠不休。遭到我拒绝,他就偷走了我的护照。他当然知道过几天我们就该离开英国了。我磨破嘴皮也没法要回我的护照。我走投无路,只好约格里,告诉他:“格里,你绝对想不到。尼盖尔把我护照拿走了,不肯还给我。”

格里手抵额头,闭上眼睛。“哎呀,上帝! 真受不了! 华莉丝,烦死了这种鬼事情。我真的——真的受够了。”格里与 BBC 班子的其他人想跟尼盖尔讲理。“听着,像条汉子行不行? 这项目我们都快做完了,你可不能坏了我们的事。我们需要这故事在非洲收尾,就是说我们必须把华莉丝带到非洲去。好啦,看在上帝分上,行行好吧……”可是尼盖尔没兴趣,拿着我的护照回切尔滕纳姆去了。

我独自一人花了两小时,赶去切尔滕纳姆求他。一次又一次,他拒绝还我护照,说非要跟我们一起去非洲不可。这实在令人抓狂。为了见妈妈一面,我已祷告了十五年。要是尼盖尔去了非洲的话,绝对会弄得极不愉快——他做得出来。而不带他去,就见不到妈妈,因为没护照我没法旅行。“尼盖尔,你不能跟着我们到处跑,把大家烦得要死。你真不明白吗——十五年啦,我头一次有机会见我妈一面啊!”

我们要去非洲，却不肯带上他，他怀恨在心。他大叫大喊："他妈的！你们太他妈的不公平！"最后，我许诺等做完这个项目，以后一定单独带他去非洲，总算说服他把护照还给了我 。要这种小诡计，我并不得意。这个诺言我绝不会兑现。但是，对付尼盖尔，我没法做个体面讲理的成年人，那样根本达不到目的。

双引擎的丛林飞机降落在埃塞俄比亚的加拉迪，在这座小村庄聚集着穿越边境逃离国内战火的索马里难民。我们重重地降落在遍布石头的沙漠红土地面时，飞机失控地弹了起来。机身后灰尘飞扬，肯定数英里外都能看见，因为全村人都朝飞机跑来。他们从没见过这种场面。BBC 摄制组和我爬出飞机，我开始对急匆匆赶来迎接的人讲索马里话，想法子和他们沟通。他们有的是埃塞俄比亚人，有的确实是索马里人，但他们讲的方言跟我不同，难以沟通。没几分钟我就作罢。

嗅一嗅滚烫的空气和沙子的味道，刹那间唤醒了我失去的童年，所有过去岁月的点点滴滴，潮水般向我涌来，我拔腿就跑。摄制组的人大叫："华莉丝！你去哪儿？"

"你们走吧……去该去的地方……我会回来的！"我奔跑，触摸大地，搓弄泥土，抚摩树木——灰扑扑，干棱棱，可我知道季节快到了，雨水要来了，所有一切就要开花。我深深吸气，直入肺腑。这是我童年记忆的芳香。这么多年我漂泊在外，这些沙漠植物，这片红沙土地，才是我的家。哦，上帝！这才是我的地方。回家的欢乐令我无法自已，泪水滚滚而下。坐到一棵树下，我品尝着席卷全身的喜悦。终于回到属于自己的地方，我体会着刻骨铭心的悲伤。这一切,我曾经多么怀想!四下打量,我奇怪自己怎么能离开了这么长。我仿佛打开了今日之前一直不敢打开的一道门,找到了一部分已被遗忘的自己。走回村里,人们全都围了上来,和我握手。“欢迎回家,妹妹。”

然而,我们发现之前的预想通通落了空。那位自称我母亲的女人根本不是我母亲,而且也没人知道我家人的下落。BBC 的人垂头丧气,他们的预算不够再来一次。格里不停地着急:“哎呀呀,不行!缺了这一段就没有结局。没有结局,整部片子就没有故事可讲。前功尽弃,咱们怎么办?”

我们挨家挨户问遍全村,听说过我家人没有,知不知道他们什么消息。人们都想帮忙,我们此行的目的很快传开。当天向晚时分,一位老人走到我跟前问:“还记得我吗?”

“不记得。”

“哎呀,我是伊斯梅尔,跟你爸一个部落的,跟他是好朋友。”我一下子想起来他是谁,为起先没认出来害臊。不过打小起,我再没见过他。“我想我知道你家人住在哪儿。我能找到你妈妈,可我需要钱来买汽油。”当时我就想,得啦,我怎能相信他?这些人是不是都想骗我们?要是给这人钱,他就会溜掉,没准儿再也找不到。他接着说:“我的车就在这儿,不过不起眼……”

伊斯梅尔指指一辆皮卡——这种车除了非洲,只能在美国的垃圾场见到。乘客一侧挡风玻璃破损,司机一侧则完全没有挡风玻璃。这意味着驾车时,沙漠里所有的沙子和苍蝇就会直扑司机的脸。轮子也由于路上石头多,歪歪倒倒,遍布凹痕,车体就像被人用大铁锤砸过一样。我摇摇头:“等一下,我跟他们说说。”

找到格里，我告诉他："那个人说知道我家人的下落，可是需要钱来买汽油，好去找他们。"

"咱们能信他吗？"

"唉，只能试试了，没有别的选择。"他们表示同意，给了那人一些钱。那人跳上车立刻出发，扬起一片灰尘。我发现格里瞪着那车，满脸沮丧，仿佛在说："又白白浪费一笔钱。"

我拍拍他的背："别担心，会找到我妈的——我向你保证。用不了三天。"我的预言没能减轻大家的焦躁。我们只能在这里停留八天，飞机就会来接我们回去。然后就非走不可。总不能对飞行员说："哎呀，还没拍完呢，下星期再来吧。"我们从亚的斯亚贝巴回伦敦的机票都订好了，不能不走。不论找没找到妈妈，一切都得结束。

在小屋里与村民们待在一起，分享他们的食物，我很开心。但是英国人的日子就难过了。他们找到一座窗户破损的房子，打开睡袋睡觉。还带了几本书，一把手电筒，可晚上被蚊子吵得睡不着。摄制组天天吃豆子罐头，怨声载道，但又没别的东西可吃。

一天下午，一位索马里男人打算款待一下这些英国人，牵来一头漂亮的小山羊，大伙纷纷抚爱它。之后，索马里男人又把剥了皮的小羊送来，得意扬扬地说："你们的晚饭来啦。"英国人大吃一惊，但一声不响。我借来一只罐子，生起火，用小羊和大米煮饭。等那个索马里人离开，英国人对我说："你不会以为我们真会吃这个吧？"

"当然，干吗不吃？"

"华莉丝，想都别想！"

“那你们刚才怎么不吱声?”他们解释说人家这么客气,说拒绝会太失礼。抚摩过小羊后,他们下不了口。他们再也没碰过小羊。

我说的三天期限过去了,还是不见妈妈的踪影。格里一天天越来越急。我尽量说服他们,我母亲一定会来,但大家都认为我荒唐。我说:“听着,我保证,明天下午六点钟我妈妈肯定能到这儿。”不知道自己凭什么这么肯定,脑瓜里就是冒出这么个想法,我就这么告诉他们。

格里和其他人嘲笑我的最新预言:“是吗?你怎么知道?啊,是啊,华莉丝就是知道!她什么都料得到。她就是知道!跟她预报下雨一样!”众人大笑,因为我一直向他们预报何时会下雨,我闻得出来。

“哼,不是真的下过雨吗?”

“得啦,华莉丝。你那是运气好。”

“跟运气没关系。这是我的地盘,我了解这儿。在这儿,我们全靠本能才活得下去,伙计们。”他们不看我,斜着眼睛互相对视。“好吧,你们不信算了。到了六点钟你们等着瞧。”

第二天,我正坐着和一位老太太聊天。六点差十分左右,格里忽然跑过来,大叫:“真不可置信!”

“什么?”

“你妈妈——我想是你妈妈来啦。”我站起身笑了。“不过还不肯定。那人回来了,带来个女人,说是你妈妈。快跟我去看看吧。”

消息如山火席卷全村,我们的小热闹就是此地发生的头等大事。天晓得这里有多久没发生过大事了。人人都想弄明白：这真是华莉丝的妈妈，还是又一个骗子？这时天色渐黑，一大群人向我们聚拢来，我简直走不动。格里带我走下一条小道，正前方就是那辆挡风玻璃千疮百孔的皮卡车，一个女人正从座位上爬下来。我看不见她的脸，但从她戴围巾的方式，一眼就认出来正是我妈妈。我冲过去一把抓住她大叫："哎呀，妈妈！"

她说："我坐这辆破车，跑了那么远，那么远——哦，安拉，这么坐车太难受啦！赶了整整两天两夜的路——就为这个？"

我转向格里大笑道："真是我妈妈！"

华莉丝和母亲重聚，埃塞俄比亚的加拉迪，靠近索马里边境。

格里·波默罗伊　摄

我告诉格里,接下来一两天别打扰我们母女,他体贴地答应了。和妈妈谈话够为难的,我发现自己的索马里语太糟了。更糟的是我们母女已成为陌生人。起先,我们只聊些家常琐事。但与妈妈重逢的喜悦很快就填平了我们之间的鸿沟。和她坐在一起我都高兴。妈妈和伊斯梅尔颠簸整整两天两夜,看得出来,她已筋疲力尽。十五年中,妈妈衰老了很多,这都是大漠严酷生活的结果。

爸爸当时没和她在一起。皮卡车抵达时,他离家找水去了。妈妈说爸爸也老了很多。他依然去追赶雨云,可视力衰颓,极需要一副眼镜。妈妈离家时,爸爸已离家八天,但愿他没迷路。我回想记忆中的父亲,明白他一定变化很大。我离家之前,父亲总能找到我们,就算我们搬家时他不在,就算没有月光,夜晚漆黑。

我的小弟弟阿里和妈妈一起来了,还有一个表弟,伊斯梅尔到时他正好在我家。不过,阿里不再是我的小不点儿弟弟了。他现在一米九,对我居高临下,开心得很。我不断抱住他,他就大叫:“放开我!我可不是小孩子,都快娶亲啦!”

“娶亲!你才几岁?”

“不知道。娶亲够了。”

“哈哈,我不管。你还是我的宝贝小弟弟。到这来——”我抓住他,揉他的脑袋。表弟看了就笑。我对表弟说:“从前我老揍你屁股!”他小时候和家人来走亲戚,我照看过他。

“是吗?现在来试试。”他动手推我,围着我跳舞。

“啊呀呀,别别别,”我嚷嚷,“试都不用试,看我揍你一顿。”我表弟也快娶亲了。“还想活到娶亲那天,就甭惹我。”

夜晚,妈妈睡在加拉迪接待我们的一家村民的小屋里。我与阿里和从前一样,露宿室外。那天晚上,我们躺在那儿,我深深感到平安幸福。我们凝望夜空,聊到深夜:“还记得咱们那次把爸爸的小老婆捆起来吗?”我俩纵声大笑。

起初阿里挺腼腆,后来他跟我说出心里话:“知道吗,我很想你。你走得太久了。如今你变成了大女人,我变成了男子汉,真奇怪。”和家人团聚,用我们的语言说呀,笑呀,争论熟悉的东西呀,感觉太开心了!

全村人都对我们慷慨得不得了。每天有不同的家庭邀请我们,去吃午饭,吃晚饭。大家都争着对我们好,争着拿我们夸耀,争着听我们讲去过哪里的故事。“哎呀,来来来,你得见见我孩子,我奶奶——”他们把我们拉走,向人介绍。这一切,与我是个“超模”毫不相干,他们对模特一无所知。我是他们当中的一分子,是游牧人的一分子。我曾离去,现在又回来了。

不管我怎么卖力向她解释,我母亲怎么也弄不明白我如何谋生。“喂,你说什么来着?啥叫当模特?你干啥?到底啥意思?”后来,有人穿过沙漠,给我妈妈弄来一份伦敦的《星期日泰晤士报》,封面有我的照片。索马里人自豪感很强,看到索马里女人登在英国报纸的封面上,他们很开心。妈妈看看报纸,嚷嚷:“这是华莉丝!是我的女儿!”她随身带上这份报纸,到处给全村的人看。

头一夜过去,妈妈就克服了腼腆,很快就活泛到对我指手画脚:“华莉丝,这么做饭可不行!啧啧啧,让开,我来做给你瞧。你在住的地方不做饭啊?”

接着，弟弟开始打听我对这件事、那件事的看法。我就逗他：“哦，闭嘴吧，阿里。你这个丛林人又傻又没见识。你在这地方待得太久啦，都不明白自己说的是啥。”

“噢，是吗？你出名啦，就回来摆你西方人的臭架子？以为你住在西方就万事通啊？”

我们一争就几个钟头。我不想让他们难受，可有些道理，我不说的话，还有谁来讲给他们听？“我不是万事通，可比早先在丛林待着，我见得更多，学了更多，不光是母牛呀，骆驼呀。我可以告诉你好些别的。”

“比方说？”

“比方说你们把树砍光就破坏了环境。没等小树长大就给砍掉，给那些愚蠢的牲畜搭牛栏，搭羊圈。”我指了指附近一只山羊，“这么干不对。”

“什么意思？”

“如今大地全变成沙漠，因为我们把树砍光了呀。”

“大地变成沙漠是因为缺少雨水，华莉丝！雨都下到北方去了，人家那儿长树。”

“所以那里才下雨！雨水多是因为人家有森林。隔两天咱们这儿就砍小树，哪还有机会长成森林？”他们不知道要不要相信我的这些怪主意，可有个话题，他们知道我怎么也争不过。

妈妈发话了：“你怎么还没结婚？”过去多年，这件事依然是我没愈合的伤口。正是这件事让我付出了家园和家人的代价。我明白父亲是好意，可他给我的选择太可怕——要么照他的办，嫁一个老头，毁我一辈子；要么离家逃走，抛弃我熟悉和喜欢的一切。为自由,我付出了沉重代价,但愿我永远不会逼迫自己的孩子,做这种痛苦的抉择。

“妈妈,我干吗要结婚?我非得结婚不可吗?你不希望看我又强壮独立又出人头地吗?我没结婚是因为还没碰到合适的人。等碰到了合适的人,那时候再结婚。”

“我想抱孙子。”

此时,他们抱成一团来对付我了。我表弟加进来:“你太老啦,谁会娶你?太老啦。”娶一个二十八岁的老姑娘该有多可怕,他直摇头。

我两手一扬:“要是被逼着结婚,谁还想结婚啊?你们两个为什么要结婚?”我指着阿里和表弟问:“我敢说肯定有人逼你们。”

“没有,没有。”他俩倒一致。

“就算是吧,那也是因为你们是男孩子。作为女孩子,我可没权利。难道人家要我嫁给谁,我就嫁给谁;要我啥时候出嫁,我就啥时候出嫁啊?那算什么屁话!谁发明的啊?”

“哎呀,华莉丝,闭嘴!”弟弟直哼哼。

“你也闭嘴!”

只剩两天时,格里说我们得赶紧开拍了。他给我和妈妈安排了好几个场景。可妈妈从没见过摄影机,讨厌这东西。“别让那东西对着我的脸。我不要。”她还去打摄影师,“华莉丝——叫他别对着我的脸!”我安慰她说没事。“他在看我,还是在看你啊?”

“他在看咱们俩。”

“那你告诉他,我不想看他。他听不懂我说的话,是不是?”我尽量跟她解释拍摄过程,可白费力气。

“是的,妈妈。你说的他都听不懂。”我边说边大笑。摄影师不断问我们在笑什么。我回答:“这一切太荒唐呗……”

摄制组花了一天拍我的镜头,我独自在大漠行走。我看到一个男孩在井边给他的骆驼饮水,问他可不可以让我来。为了拿到好镜头,我抱起水桶举到骆驼嘴边。拍摄自始至终,我强抑泪水,难以平静。

离开的头一天,村里的一位妇女用指甲花给我染了指甲。我把手举到摄影机前,每个指尖就像糊了一团稀牛粪,可我觉得自己就是一位女王。这是我们民族古老的美容仪式——通常初嫁新娘才能享受。那一夜我们举行了庆祝会,村民们全都翩翩起舞,拍手歌唱。仿佛回到了童年记忆中的老时光,人人为天降甘霖而手舞足蹈,那是何等无拘无束的自由与欢乐啊!

第二天飞机来接我们之前,我早早起身,和母亲共进早餐。我问她愿不愿意过来,和我同住英国或美国。

“可我干什么啊?”

“问得好。我什么都不要你干。这辈子你操劳够多了,该歇着啦。架起腿来歇着。让我好好疼疼你。”

“不行,那怎么行?头一条,你爸老了,需要我。我得陪着他。第二条,我还得照顾孩子们。”

“啥意思?孩子们?我们全都大啦!”

“唉,你爸的孩子们。记不记得她的名字,那个他娶回来的小丫头?”

“记得。”

“她生了五个孩子。可她受不了啦,我猜咱们的日子对她来说太苦啦,要不就是受不了你爸爸。总之,她跑了,不见啦。”

“妈妈……你怎么能这样对自己!你也老了,不能再那么辛苦。这把年龄还追赶孩子。”

“可是你爸爸也老啦,他需要我。再说啦。我不能成天闲坐着。坐着会老得更快。这么些年过去,我坐不住了,会发疯的。我得不停地动。不行,你要真想为我尽心,就给我在非洲买个房子,我累了就能去。我的家在这儿。我只熟悉这儿。”

我紧紧地拥抱她:“妈妈,我爱你。记住,我会回来看你。我会回来看你的……”

妈妈笑了,挥手道别。

上了飞机,我忍不住号啕大哭。不知是否还能再见到她,也不知何时再能见到她。望着窗外,我泪流成河,看着村庄与沙漠慢慢远去,摄制组拍了我一组特写镜头。

1997 年圣诞节，华莉丝在维尔京群岛的圣约翰岛度假留影。

1997 年春，华莉丝为意大利版《嘉人》杂志拍摄，摄影师科多·波法罗。意大利版《嘉人》授权本书使用照片。

Chapter 16

巨大苹果[①]

① 大苹果 the Big Apple：纽约市的别称。

1995年春天,BBC关于我的纪录片制作完成,他们命名为《牧人在纽约》。的确,这么多年过去,我依然像个牧人,一直没有真正的家。我跟着工作跑,居无定所,在纽约、伦敦、巴黎、米兰之间穿梭。不是住朋友家,就是住酒店。属于我的一点小家当——几张照片、几本书、几张CD——都在尼盖尔切尔滕纳姆的房子里。由于大部分工作在纽约,我在纽约待的时间比其他任何地方都长。待得长了,我在苏霍区租了一间平层公寓,这辈子头一回给自己租房子。后来在格林威治村也租过,再后来租下西百老汇一座房子。可这些地方我都不喜欢。百老汇那个房子糟透了,气死我了。只要汽车路过,就好像开进了我的家。街角有个消防站,消防警笛彻夜作响。实在睡不好觉,十个月后我放弃定居,重新四处流浪。

那年秋天我在巴黎走完秀,决定跳过伦敦,直接去纽约。我觉得是时候啦,该有个自己的地方安定下来。找房期间,我借住在格林威治村一位好朋友乔治的家里。一天晚上,乔治的另一位朋友露西过生日,想进城庆祝庆祝。可是乔治说他太累,第二天还得早起干活,我就自告奋勇陪露西一起去。

我们走出家门，却不知该往何处去。到了第八大道，我驻足指指以前我住过的房子说："我以前住那儿，就在那家爵士舞厅上头，那家音乐挺不错的，可我从没进去过。"站在那里，我听到音乐传出大门。"喂，走吧，咱们进去吧。你想不想进去？"

"不想。我想去 Nell's①。"

"哎呀，去吧。咱们进去看一眼就走好了。我喜欢他们的音乐。想跳舞。"

虽不大情愿，露西答应了。顺台阶，我们走进一家小小俱乐部，迎面就是乐队。我走上舞台，停住脚步。看到的第一个人就是鼓手，屋里其他地方一片漆黑，而灯光正照着他。他正忘情地敲鼓，我傻愣愣地盯着他。他留着有几分七十年代风格的大圆蓬发型，相当时髦。等露西赶上来，我转身跟她说："不走了，不走了，咱们待一会儿。坐下，喝一杯。就待一会儿。"音乐震耳，我开始疯狂起舞。露西加入进来。很快，其他所有人也纷纷起身。他们原先都老老实实坐在那儿看，现在都开始和我们一起跳舞。

又热又渴，我要了杯饮料，站在观众中一位女士旁边，对她说："这曲子真欢快。乐队是些什么人？"

她回答："不知道，这些人都是自由职业者。不过吹萨克斯那个是我丈夫。"

"哦。打鼓的是谁呀？"

她浅浅一笑："抱歉，我不认识。"数分钟后乐队中场休息，鼓手从旁经过。那位女士一把拉住他胳膊说："抱歉打扰，我朋友想

---

① 曼哈顿著名夜店，1986 年开张，2004 年关闭。

认识你。”

“是吗？是谁？”

“是她。”她边说边把我推到前面。我很难为情，不知说什么好。

傻站片刻，我终于挤出一句：“你好！”警告自己：冷静点儿，华莉丝。“我喜欢这支曲子。”

“谢谢。”

“你叫什么名字？”

“达纳。”他害羞地四下看看。

他说完转过身就走。可恶！我可不能让他这么轻易脱身。跟着他走到他和乐队同伴坐的地方，我拉过把椅子，坐到他身旁。鼓手回头发现我，惊一跳。我责问他：“我刚才在跟你说话呢！你太没礼貌，扔下我就跑，啊？”达纳看看我，莫名其妙，接着哈哈大笑，笑得朝桌子弓下腰。

“你叫什名字？”他问，伸直腰板。

“哼，现在无关紧要啦。”我鼻子朝天，摆出最骄傲的神气。然而，我们很快就交谈起来，什么都谈，直到他说又得演奏了。

“你要走了？你和谁一起来的？”他问。

“和朋友。她就在那群人那边。”下一次中场休息，他说乐队没几支曲子了，要是我乐意，演出结束可以再去别的地方。他下场后，我们坐在一起，天南海北地神聊，没完没了。后来我提议：“这儿烟雾太重，我透不过气。想不想出去？”

“好哦，咱们出去坐台阶上吧。”走上台阶尽头，他停下说，“能不能提个要求？可以抱抱你吗？”

我看着他，觉得这要求天经地义，仿佛已认识他几千年。我紧紧地拥抱他，明白自己做得对，正如我决定去伦敦，决定做模特一样，我知道这个圆蓬头的鼓手就是我要找的人。那天时间太晚，不便去任何地方，我把乔治家的号码告诉他，要他第二天给我电话。“明天上午我有工作，下午三点准时给我电话，好吗？”我只想知道，他会不会应我的要求给我电话。

后来他告诉我，当晚回家路上，他去赶地铁回哈莱姆的家，进站时抬头一看，发现广告牌上我的巨大面孔正注视着他。以前他从没注意过那个广告，完全不知道我是个模特。

第二天三点二十分电话响了。我猛地抓起听筒，大声说：“你迟了。”

“很抱歉，想不想共进晚餐？”我们在格林威治村一家小咖啡屋见面，又开始天南海北，没完没了地神聊。现在对他有所了解，我才明白那天的他和往常有多不同——他平时对不熟的人几乎一言不发。后来，我哈哈大笑起来。达纳惊问：“你笑什么啊？”

“说出来你会认为我疯了。”

“说吧，我反正已经认为你疯了。”

“我会生下你的孩子。”听到我这预言，他可没兴高采烈。恰恰相反，他凝视着我，目光像是在说：这女人真是疯了，不止是“喂，咱们乐一把”的疯。她是真疯了。“我知道你会奇怪，不过我就是想告诉你。算啦，不说这个。忘掉吧。”

他坐着一言不发，目不转睛地看着我，一脸诧异。这不奇怪，我连他姓什么都不知道。后来，他告诉我当时他心里直嘀咕：再别见这女人了。得摆脱她。她就像电影《致命诱惑》里那个跟踪狂嘛。

晚餐后达纳走路送我回家,不过话很少。第二天,我恨不得踢自己一脚,不敢相信自己竟说出那种话,太不酷啦。然而,当时说那句话似乎再正常不过,就像说“哎呀,天要下雨啦”。不出所料,一星期他都没主动联系我。我忍不住,给他打了电话。他问:“你在哪儿?”

“在我朋友家。想不想见面啊?”

“上帝啊!好吧,好,我们一起吃午饭。”

“我爱你。”

“我也爱你。”放下电话我又惊又怕——刚对自己发誓要小心点,再不提什么生孩子之类的话,可现在分明告诉人家爱他!哎呀,华莉丝,你发什么神经?以前,只要男人对我感兴趣,我立刻就逃之夭夭。可如今却在主动追一个素不相识的男人。初见达纳那天晚上,我穿了件绿色套头衫,顶着个大圆蓬头。他后来告诉我,那天晚上不论他朝哪边转头,看到的都是绿色套头衫和圆蓬头。我告诉他,我想要什么,就会穷追不放。而那天不知道为什么,这辈子头一回很想要个男人。为何觉得与他一见如故,这我无法解释。

我与达纳共进午餐。我们总有说不完的话。两星期后,我住进他哈莱姆的家。六个月后,我们决定要结婚。

同居近一年后的一天,达纳突然对我说:“我觉得你怀孕了。”

我大叫:“瞎说什么啊,拜托!”

“走吧，咱们去药房。”我不肯，可他不让步。我们就去药房买了一盒家用试孕计。结果发现是阳性。

“你不会信这鬼玩意儿吧，啊？”我指着那盒子。

达纳拿起盒子又抽出一支：“再试一次。”结果还是阳性。最近我常常恶心。不过，经期到时我总是恶心。但这次不同，比以前更恶心，而且更疼。但是，我感觉自己不是怀孕，而是发生了更可怕的事——我觉得自己要死了。我去看医生，诉说病状，大夫给我做了血检。我等结果等了三天，三天都心烦意乱——见鬼！到底怎么了？得了什么鬼病？病得这么严重，医生都不愿意告诉我？

终于，一天下午我回到家，达纳说：“呃，大夫打过电话。”

我一下子手掩喉咙：“哎呀上帝！他怎么说？”

“说要直接和你谈。”

“你都没问他什么问题吗？！”

“他说明天十一二点钟会给你电话。”

那是一生中最长的一夜，我躺在床上对前途忐忑不安。第二天电话一响，我抓起听筒。大夫说：“有消息告诉你，你不是一个人啦。”我心想，是了，正如你所想：不是一个人了——肯定全身长满肿瘤！

“哦，天哪！你什么意思？”

“你怀孩子啦，已经两个月。”一听这话，我欢天喜地，简直要飞上天去。达纳也欢欣鼓舞，他一直想做爸爸。我俩立刻认定，这准是个男孩。但我第一关心的是胎儿的健康。一知道怀孕，我连忙去看产科医生。大夫做超声波检查时，我跟她说，别告诉我胎儿性别。

“就请告诉我宝宝健康吗?”

她回答:“很健康,一点儿毛病也没有。”这正是我想听的话。

在我和达纳幸福结合之前,还有一个大障碍——尼盖尔。怀孕到第四个月,我们决定一起去切尔滕纳姆向尼盖尔摊牌,一次性了结。抵达伦敦时,我在闹晨吐,还得了重感冒。我们住在一个朋友家里。休息了几天后,我壮起胆子给尼盖尔打电话。可他说自己也感冒了,我只好往后推两天再去找他。

达纳和我在伦敦等了一个多星期,尼盖尔才觉得能见人了。我打电话告诉他火车抵达时间,请他接站:“我想该让你知道,达纳会和我一起来。我不想出什么乱子,好吗?”

“现在就可以告诉你,我不想见他。这是我俩之间的事。”

“尼盖尔——”

“我不管,我不管!这事与他无关。”

“这事和他关系大了。他是我未婚夫,是我要嫁的人。听到吗?不管我要做什么,他会陪我一起。”

“我不想见他,就这话!”所以,尼盖尔以为,我会独自坐火车来切尔滕纳姆。我下车后,看到他靠着停车场一根柱子,和平日一样抽着烟。他看上去比我最后一次见到他的模样更糟,头发更长,黑眼圈。

我转向达纳说:“瞧,他就在那边。你冷静点。”

我们朝他走过去,我还没来得及开口,尼盖尔就说:“跟你说过我不想见他。我说过了,说得很明白。我要单独见你。”

达纳把包往地上一放:“喂,你不能这么对她说话,也不能这么对我说话。你为什么想单独见她?搞什么鬼?我不允许你单独见她。你要敢再说一遍,我就不客气!”

尼盖尔的脸比先头更苍白:“ 可是……车子坐不下。”

“我才不坐你该死的车。我们打车去。咱们赶紧了结这件事。”

此时,尼盖尔已快步朝他的车走去,回头喊着:“不不不,我可不会让你们这么容易。”他跳上车,发动引擎,从我和达纳身边呼啸而过。我们站在行李旁边,眼睁睁看他开车跑了。我们决定最好找家旅馆。运气不错,车站近旁就有一家带早餐的小旅店。小店又破又旧,不过我们眼下可没工夫操这个心。我们上街,点了印度菜,却没胃口。只是怏怏地看着食物干坐着,然后回房间。

次日早晨,我给尼盖尔打电话:“我只想要我的东西,行吗?你要不想了结这件事,那就忘了吧。把我的东西还给我。”谈不拢。现在我和达纳还得再找旅馆,头天住的那家小店已被订满,而且我们也想住得舒服点。看尼盖尔这个态度,天知道还得拖多久。找到了另一个住处,搬过去之后,我又给尼盖尔打电话:“喂,你干吗这么混蛋?干吗这么可恨?你这样子多久了——七年?八年?够啦!”

“哼!你想见我,可以。但我只见你一个人。我到旅馆来接你。但要是他出来,那就算完。我立马开车走人。不行,我只见你一个人。”我叹口气,没别的法子摆脱困境,只好同意。

我挂上电话,跟达纳解释:“达纳,求你了,让我单独去吧,看看能否跟他谈谈。就算为了我。”

“好吧,要是你觉得能行就去吧。不过,他要敢碰你一指头,他就死定了。老实说,我不想你一个人过去。不过,你非要这么干,我也拦不住。”我要达纳就待在旅馆里,需要他时我好给他打电话。

尼盖尔来接了我,开车到他租的小房子。进屋后他给我倒了杯茶。我说:“尼盖尔,听好了。那是我要嫁的男人,我怀了他的孩子。再别提你那套美妙小世界的鬼话啦。什么我是你的宝贝,我们幸福生活在一起,全结束了。明白吗?好啦,咱们得面对现实。我要办离婚,这星期之内,不把这堆垃圾事情处理完,我就不回纽约。”

“除非你把欠我的钱统统还给我,不然就别想离婚。”

“什么?我欠你钱?欠多少?这么多年谁工作挣钱给你花啊?”

“那些钱给你买吃的了。”

“是吗?我这些年根本不在这儿啊。好吧,既然你这么想要钱,要多少?”

“至少四万英镑。”

“什么!我上哪儿去弄这么多钱?我没有。”

“我不管,不管,不管!反正就是这样。你欠我钱,我哪儿也不去。不给你离婚,什么都不给。不把欠我的钱还给我,你甭想自由。因为你,我把房子都卖了。”

“你卖房子是因为付不起贷款,我出钱出够了。你应该找份工作,可你连这都不肯。”

“工作？干什么？我能弄到什么工作？到麦当劳打工？”

“想付房贷就得去麦当劳打工，有什么不可以？”

“那种工作我做不好。”

“那你到底做什么能做好？”

“我是环境学家。”

“是呀，环境学家。我给你在绿色和平组织找的那份工作呢？人家把你炒了，要你甭再去了。你谁也怪不上，只能怪自己。我可受不了你这套鬼话，也不会给你一分钱！把你的混蛋护照塞屁眼里去得了！跟你没什么谈的了。咱们的婚姻从来就不是真的，也不合法，咱们没有夫妻之实。”

“不对，如今的法律可不是这么说。华莉丝，你已经跟我结婚，我绝不放你走。你肚子里的孩子一辈子都是私生子！”

我坐在那儿怒视着他，假若曾经对他有过怜悯，此刻也统统化作憎恶。如今的局面多讽刺啊！当初他非帮我不可，说什么“这是安拉的意志”——我才嫁给了他。他姐姐是我好朋友，我以为就算出什么问题，她也会出面干预。可最后一次见到茱莉，她已被关到精神病院里了。我去探视过几次。她完全疯了，狂乱四顾，口吐胡言，不停念叨人们如何追杀她。见她这样，我的心都碎了。显而易见，她的家族有精神病遗传。“尼盖尔，我要离婚，不论你同不同意。咱们没别的可谈了。”

他严肃地看了我一会儿，小声说：“要是失去你，我就一无所有了。我会杀了你，再自杀。”

我吓呆了，使劲儿想怎么办，吓唬他：“达纳会来这儿接我。我要是你，就不干傻事。”我明白自己必须立刻离开这座房子，他已经彻底失控。我弯腰从地上拿起我的提包，他突然从背后猛推我一把。我哗啦一下撞到音响，摔到硬木地板上，背先着地。我躺在那儿，怕得要死，不敢动。上帝啊！我腹中的胎儿！胎儿也许会受伤，我无比恐惧。慢慢地，我爬起来。

“哎呀，该死！你没事吧？”他大叫。

“我没事。”我镇定地回答，这才明白自己单独前来有多么傻，只想快快全身而退。“没事，我没事。”他扶我起来。我装得泰然自若，穿上外衣。

“我送你回去。上车。”他又开始怒气冲冲。他开车时，我在想，他恨这个孩子，巴不得孩子死掉。会不会把我们开下悬崖？我系好安全带。此时，他一面开车，一面叫骂诅咒，用上了所有难听的话骂我。我只能一声不吭，死死盯住前方，害怕自己一开口，就会挨打。我不在乎自己，可是我为胎儿揪心。我是个斗士，要不是怀着孕，肯定要跟他大打出手，阉了这个混蛋！

快到旅馆时他大叫：“就这么完啦？你就这么坐着不吭声——这些年我为你付出那么多！”车刚停住，他就伸手越过我，打开车门，把我往外一推。我从车里摔到地上，一只脚挂在车内。我挣扎着脱身，朝旅馆跑去，上楼到房间。

达纳打开门，我哭成泪人。“出了什么事？他怎么你了？”

我心里清楚，要是告诉达纳实话，他会杀了尼盖尔。他会被扔进大牢，我就得独自把孩子养大。“没事，他就是可恶，跟平时一样。不肯还我东西。”我擤着鼻子说。

“就这事啊？哎呀，华莉丝，那些东西忘掉算了，不值得难过。”我和达纳买了下个航班的票，飞回纽约。

华莉丝怀埃利克九个月时留影。　　沙仑·舒斯特　摄

怀孕八个月时，有位非洲摄影师听说我要生孩子，想给我拍照片。他请我去他工作的西班牙。那时，我身体感觉很棒，所以不怕旅行。我知道怀孕六个月后，理应不能飞行，便穿上一件宽松套头衫，溜上了航班。摄影师为《嘉人》(*Marie Claire*)杂志拍了不少漂亮照片。

这次之后，我不得不挺着大肚子再次乘飞机。预产期二十天前，我飞往内布拉斯加，与达纳的家人会合，以便孩子出生后他们能帮着照顾。我住在奥马哈，与达纳的父母一起。达纳在几个俱乐部有演出安排，计划一星期后飞过来。到达奥马哈不几天，一天早上我起床时，感觉肚子不对头，直嘀咕头天晚上吃坏了什么东西，消化不良这么厉害。一整天感觉都不好，但我没吱声。第二天早上，肚子疼得更厉害，我忽然想到，没准儿不是胃疼，是快要生了吧。

我赶紧给上班的达纳母亲打电话："哎呀，我肚子疼得奇怪，一阵阵的，昨天白天、晚上一直疼。现在更厉害了。不知道吃坏了什么东西，感觉好难受。"

"哎呀呀，华莉丝，你这是开始宫缩啦！"

哦！那一刻我开心死了，只盼着孩子马上出生。赶紧给纽约的达纳打电话："我要生啦！"

"别别别！等我赶到再生！稳住孩子！我就到，马上去搭飞机！"

"你他妈来稳住啊！你说的倒容易！稳住孩子！"天啊！男人们太傻了！不过我真盼望达纳能在身旁，陪我生孩子。我们的第一个孩子出生，他要没亲眼目睹，我会很失望。我给他妈妈打电话之后，他妈妈通知了医院，有护士打电话来查问情况。护士说要想生得快，就该走动走动。我推断，要想孩子迟些出来，那就该反着来，于是躺着一动不动。

达纳第二天晚上才到。这时候我已阵痛发作三天。他父亲开车到机场接他时，我正在痛得喘粗气："哦哦哦！啊！天啊！"

"数数！华莉丝，数数！"达纳的妈妈大叫。我们判定时间到了，该去医院。可去不了——达纳的爸爸把车开走了。等他车回来，家门还没进，我们就朝他们直嚷嚷："回车上去！咱们去医院！"

夜里十点钟才到医院。第二天上午十点我还没生。"把我头朝下从树上倒挂着！"我不停地尖叫。这纯属动物本能，就像猴子，它们就这样生崽——母猴动来动去，时而坐，时而蹲，满地乱窜，在树上晃荡，直到生下小猴子。猴子才不会干躺着呢。自那天起，达纳就叫我猴子，尖着假声学我："啊呀呀！把我头朝下从树上倒挂着！"

产房里，这位未来的父亲还指导我："深呼吸，亲爱的，深呼吸！"

"滚你的！滚远点！我要杀了你！该死的东西！"哦，上帝，疼得我就想一枪打死他。我巴不得疼死！死前先杀了他！

中午时分，那一刻终于到来！我万分感激给我做手术的伦敦大夫，会阴被缝住的情况下，孩子怎能生得出来！九个月漫长等待，又疼了整整三天，孩子奇迹般降临世界。啊啊啊！经历过这一切，看到儿子我欣喜万分！这个小小的小宝贝长得真好看，丝一般的黑头发，嘴巴一点点，长长的手指头、脚趾头。身长五十厘米，体重才三公斤出头。一到人间，我的小宝宝就发出“啊”的声音，眼睛四下看，那么好奇：“啊，就这样？就这样？这是光？”黑暗中待了九个月，见到光明，他感觉一定妙极了。

我交代过医护人员，孩子一出生，就请把他放在我胸膛上。血糊糊，黏糊糊也没关系。他们照办了。头一回抱住儿子那一刻我才懂得，所有母亲告诉我的那句老话千真万确——抱住宝宝那一刻，疼痛就全抛到九霄云外了。那一刻没有痛，只有喜。

我给宝宝起名埃利克，索马里语“雄狮”的意思。不过眼下，他弯弯的小嘴，胖胖的小脸，满头的鬈发，不像狮子，更像一个黑色的丘比特。他光滑的大额头多像我。我对他讲话，他就嘟起小嘴唇，活像一只翠迪鸟①要放歌。自从来到人间，他就满腹好奇，悄悄地东看西看，探索这个新世界。

做小姑娘时，照看一天牲畜之后，我迫不及待想回家，躺在妈妈腿上。让妈妈抚摸我的头，我会感到安全平静。现在，我也这样抚摸着埃利克，他也同样喜欢我的爱抚。我抚摸他的小脑瓜，他很快就在我怀抱里睡着了。

自儿子诞生起，我的生活就变了样。如今，他带给我的喜悦就是我的一切。从前所担心、所不满的一切愚蠢小事统统抛到一旁，我明白那些东西统统无关紧要。生命——生命的恩赐——才最要紧。生过了孩子，我才记住这一点。

---

① 翠迪鸟(Tweety Bird)：诞生于1930年，是当时的美国华纳兄弟电影公司出品的一部卡通片中的人物。

1998 年春，华莉丝拍摄宣传照。　　乔·格兰特　摄

Chapter 17

■ 出任特使 ■

在我们民族的文化中，女人做了母亲，就赢得了荣誉勋章——她把另一个生命带到人间，为生命的这份恩赐做出了贡献。埃利克出生，我成为了真正意义上的非洲“大妈”，成为成熟女人。五岁便被行割礼，我作为女性的生命周期早早开始，而近三十岁时诞下孩子，这一周期便告圆满。我心中对自己的母亲更多了几分敬意。我深深体会，只因生为女性，索马里的妇女肩上压着何种重担，而她们又拥有多么令人难以置信的力量。如今我生活在西方，也曾苦苦挣扎，干着不得不干的事；也曾感觉无法再支撑下去；痛经痛得死去活来，快晕死过去，还得在麦当劳擦洗地板；不得不做手术，切开外阴那道被草草缝死的疤痕，才能正常排尿；怀胎九月，走路鸭子一般摇摇摆摆，还得乘地铁进城去哈莱姆，爬上一节节楼梯，去市场采购食品；阵痛发作后，在产房熬了整整三天，以为自己会横尸在医生面前。

而我实在太幸运！想想非洲丛林里的某个女孩——她得长途跋涉给羊饮水，痛经痛到腰都伸不直。想想某位非洲男人的妻子——刚生完孩子，阴道就得被人用针线缝起来，好为丈夫保留紧致，身体被当作一块用过的抹布。想想某位非洲母亲——她怀胎九月还得跋涉大漠，为家中其他十一个挨饿的孩子找吃的。还有那个新婚的妻子——阴道依然缝得死死，可眼看时间到了，头一个孩子就要降生。她不得不独自走进沙漠，独自生产，就像我的母亲一样，那时又会发生什么事？不幸的是，我知道最后这个问题的答案：许多妇女失血过多，孤单单丧命大漠！运气好的话，她们的丈夫才能赶在秃鹫和鬣狗撕碎尸体之前找到她们。

自从做过割礼，我就不得不应付各种随之而来的健康问题。随着我逐渐长大，接受更多教育，我明白受苦受难的不单是我一个人。这些问题折磨着全世界几百万的女性。因为这种愚昧的仪式，非洲大陆上，大多数妇女终生苦痛。沙漠中那个女人——像我母亲那样的女人——既没钱又没权，有谁会帮她？那个非洲小姑娘，无法自己开口求援，必须有人为她说话！我也曾和她们一样。生为大漠中的牧人，帮助她们，我责无旁贷。

我永远说不清，自己的生命当中，何以出现众多偶然的机遇。但我并不真正相信某事发生纯属偶然——生命中，理应有某种高于“偶然”的东西。从家中出逃时，神明帮我免于葬身狮口的厄运。那一刻起，我就感觉出于某种理由，上天对我另有安排，要我活下去。但假如有理由，这理由会是什么呢？

之前，为时尚杂志《嘉人》(*Marie Claire*)撰稿的一位作家约我做采访。见面前，我冥思苦想自己该说些什么。我和劳拉·齐夫共进午餐，第一眼就喜欢上她了。我对她说：“不知道你想问我些什么。做模特的那一套早都被写过无数遍了。你要是答应一定发表,我给你讲个真事吧。”

她说:“是吗?那我尽力而为。”一面打开录音机。我开始讲自己小时候被行割礼的经历。采访进行到一半,她哭了起来,关掉了录音机。

“噢!你怎么啦?”

“我觉得,太可怕了,太恶心了。做梦都想不到如今还有这种事!”

“你说中了,关键就在这,西方人根本不知道。你觉得能登出来吗?你们的杂志那么光鲜亮丽,只有女人看。”

“我答应你会尽力而为,不过得老板说了算。”

采访的第二天,我为自己说出那些东西感到既后怕又难为情。现在人人都会知道了。那是我个人最隐秘的事——就连我最亲密的朋友也不了解。我成长于私密性很强的非洲文化,这种话题平时根本不会出口。可现在,我正把秘密告诉成千上万的陌生人。但最终我下决心,随它去吧!如果非要丢面子就丢吧。我一往无前,木已成舟。面子好比衣服,我将面子放到一边,照样能到处走。但我也担心其他索马里人的反应。他们大概会说:“你竟敢诋毁我们古老的传统!”大概会附和我在埃塞俄比亚的家人,也指责我:“你以为搬到了西方,就啥都懂啦?”

反复思考,我悟出必须说出割礼经历的两大理由。第一,我一直被此事深深困扰。割礼不仅带来了无数病痛,还彻底剥夺了我的性快感,我至今从未体验过性生活带来的快乐。我感觉自己不完整,被弄残。最绝望的是,我知道自己无力改变。遇到达纳,我终于堕入爱河,盼望与所爱的人体验性的快乐。但若今天有人问我："享受性生活吗？"我会回答："我的享受和他人不同。"我与达纳肌肤相亲，喜欢的是那种亲密感，因为我爱他。

我苦苦思索一辈子，想为割礼找到一条正当理由。说不定这样就能接受人家对我造的孽。可是怎么想也找不到。思索而无功，我愈加愤怒。我必须说出自己的秘密——我已经憋了一辈子。身边没有家人，没有妈妈，没有姊妹，我的苦楚无法向任何人诉说。我讨厌"牺牲品"这个词，它听起来那么无助。而那个吉卜赛恶婆戕害我时，我曾多么无助、无奈！然而，作为成年妇女，我不再是牺牲品，我可以采取行动。借助《嘉人》(*Marie Claire*)那篇文章，那些鼓吹割礼的人至少可以听到一个女人的心声。在我的祖国，所有被强迫行割礼的妇女，对此只能保持缄默。

人们知晓我的秘密后，在街头碰到我，会用何等怪异的目光看我？我决心不在乎。之所以要在采访时说出这件事，我的第二条理由，正是希望人们意识到，这种恶俗今天依然存在。我必须出声，不仅为自己，也为全世界所有正在经历这种戕害的小女孩们。她们何止数百，何止数千，此时此刻，正有数百万个小女孩正在承受这个痛苦，正奄奄一息。现在已经来不及改变我的身体状况，伤残已然造成。但也许，我能帮助他人脱离苦海。

关于我的采访《女性割礼悲剧》一经发表，便引起轩然大波。劳拉写得很棒，多亏《嘉人》(*Marie Claire*)杂志敢于刊登。这家杂

志及为妇女争取权益的“平等现在”组织①,收到成堆的读者来信,表示支持。和那天劳拉的反应一样,读者感到毛骨悚然:

“一个月前的今天,我读了《嘉人》(*Marie Claire*)三月号那篇关于妇女割礼的文章,至今仍无法释怀。我很难相信,任何人,不论男女,能无视或回避对女性施加的如此残酷、如此野蛮的暴行。女性是上帝为男人缔造的朋友、伴侣与配偶。《圣经》教导说,‘男人要爱他们的妻子’。就算生活于不知有上帝存在的文化当中,男人们也必须明白割礼会给他们的女人带来痛苦、创伤,甚至死亡,他们必须明白这样做大错特错!他们怎能继续听任这种暴行降临到自己妻子、女儿、姐妹的身上?他们肯定知道自己正以这种方式残害着自己的女人!

“上帝帮助我们,我们必须采取行动。我醒来想这事,睡觉想这事,从早哭到晚!相信在‘全球视野’②或其他组织的帮助下,这些人会受到教育,会明白依照人体本来的样子,他们的婚姻生活与亲密程度都会好得多,不论对男人,还是对女人。他们会明白与男人一样,女人某些生来就有的器官自有存在的充分道理!”

另一封信写道:

“我刚刚读完了你们关于华莉丝·迪里的文章,得知还有许多小姑娘仍在承受这种折磨与摧残,心里难过得要命。简直无法相信,如今还有人施行这种虐待狂的习俗。这些妇女终生都得面

① “平等现在”组织:Equality Now,一个致力于全球妇女与女童权益保护的非政府组织。

② 全球视野:World Vision,一个基督教背景的人道主义组织,致力于保护儿童和弱势家庭。

对割礼造成的恶果,真是不可思议。不论是不是传统,这种世界范围内针对女人的暴行必须终止。假如允许我切开一个男人的生殖器,再给他缝上,我敢担保这种恶行就会终止。一个女人没完没了疼得要命,你怎能还想跟她亲热?这个故事催人泪下。我要给'平等现在'组织写信,了解如何尽一份力。"

一封写给我的信说道:

"无数悲惨的故事已经为人所知,以后还会有更多悲剧被人了解。可是华莉丝,一种文化竟然如此残害自己的孩子,故事都不能比此种现实更可怕!这篇文章令人震撼,令人泪流。我要为改变这种现状出一份力,但不知道一个人能做些什么。"

这些表达支持的信件使我宽心。只收到过两封指责我的反对信,不必奇怪,都来自索马里。

接下来命运突转。一位化妆师登上欧洲飞往纽约的一个航班,随手捡起一份《嘉人》(*Marie Claire*)杂志,看了对我的报道。她把这本杂志递给她的老板,说:"你该看看这个。"她的老板是美国著名的新闻主持人芭芭拉·沃尔特斯。芭芭拉后来告诉我,她没有看完那篇文章,因为太难过,看不下去。但她觉得,这个问题必须得到重视,决定在新闻杂志节目《20/20》中采用我的故事,制作短片,让观众认识女性割礼。《治愈之旅》——埃塞尔·巴斯·温特劳布制作的这个短片,后来获了奖。

芭芭拉采访我时,我想哭,觉得自己被剥得精光。故事被写成文章时,我与读者之间存在着距离。我和劳拉不过是餐馆中两位客人,我讲述,劳拉一个人听。《20/20》节目的拍摄与这截然不同。揭开一道一生严守的伤疤时,我知道镜头在拍我的面部特写，就像有人一刀把我剖开，露出我的灵魂。

《治愈之旅》在 1997 年夏天播出。很快，我接到经纪公司的电话，说联合国已与公司联系。联合国的人观看了《20/20》，希望我与他们联系。

事情再次发生神奇变化。联合国人口基金会邀请我加入取缔女性割礼的斗争。与世界卫生组织一道，他们汇总了很多数据，这些数据触目惊心，真正揭示了割礼问题的严重程度。看到这些数据，我更清楚地意识到，遭到厄运的绝不止我一个。女性割礼，如今更恰当地称为女性性器官切割（FGM：female genital mutilation），主要在非洲的二十八个国家进行。联合国估计，这种残害已经横加于一亿三千万妇女和女童。每年至少有两百多万女童有受害的危险，也就是每天近六千名。这种手术通常在原始条件下，由一名产婆或村妇施行。没有麻醉药。她们切割女孩时，有什么工具就用什么工具——刀片、刀子、剪子、碎玻璃片、利石——有的地区甚至用牙齿！地理位置和文化习俗不同，切割的程度也不同。最小的损害为割去阴蒂的包皮，使女孩一生无法体验性快感。而最残忍的则是阴道封锁，索马里百分之八十的妇女遭到这种残害。我就是其中之一。阴道封锁可立即造成休克、感染、尿道或肛门损伤、瘢痕形成、破伤风、膀胱感染、败血症、HIV 病毒和 B 型肝炎。长期并发症包括慢性与周期性发作的泌尿系统感染与盆腔炎症，炎症会导致绝育、外阴周围囊肿、溃疡、痛性神经瘤、持续性排尿困难、痛经、腹腔经血滞积、性冷淡、抑郁症和死亡。

一想到这一年又将有两百万小姑娘经历我所经历过的那一切，我心痛欲碎。同时我明白，残害继续一天，世界上就会增加像我一样愤怒的女人，我们无法回到过去，夺回被抢走的东西。

事实上，受到残害的女孩数量不但没减少，反而在增加。大批移民到欧美国家的非洲人把这种习俗一起带过来。美国联邦疾控中心估计，仅纽约州就有两万七千名妇女曾接受或即将被行割礼。正因如此，许多州正在通过法律，规定切割女性性器官违法。立法机关认为，有另外立法的必要，来保护受到割礼威胁的女童，因为这些移民家庭宣称，残害女儿是他们的“宗教权力”。很多时候，非洲移民群体一起凑钱，雇佣像吉卜赛老妇那样的割礼师，从非洲远道来到美国。她一到，立即给一群女孩子行割礼。要是这法子行不通，不少家庭会自己动手。在纽约市，曾有位父亲，用一把切牛排的刀割掉了女儿的外生殖器。他把音响开得很闹，好掩盖女儿的惨叫。

我非常自豪地接受了联合国的邀请，成为特使，参与反对割礼斗争。作为特使，我有幸与很多杰出女性并肩工作，其中包括联合国人口基金会的执行主任娜菲斯·萨迪克博士。在反对女性性器官切割方面，她是首先加入斗争的女战士之一；1994 年，在开罗举行的联合国人口与发展会议上，她将 FGM 提上议程。很快，我将再次回到非洲，讲述我的故事，支持联合国的事业。

四千年来，非洲多个文化都一直在残害妇女。因为几乎所有穆斯林国家都进行割礼，许多人以为这是《古兰经》的要求。然而，事实并非如此——不论《古兰经》还是《圣经》都没有提过切割女人来取悦上帝。鼓吹并强求这种邪恶行为的，是那些愚昧自私的男人——他们只想确保自己对女人享有性交特权。他们要求妻子被施行割礼。母亲们不得不让女儿们接受割礼，怕她们嫁不出去。没做割礼的女人被视为肮脏、性欲过盛、不能婚嫁。在我成长的游牧文化中，不结婚的女人无处立足。于是，母亲们只能尽一切办法，给女儿们创造机会，正如西方家庭把女儿送入最好的学校一样。每年数以百万计的女孩遭到残害，除了愚昧与迷信之外，毫无理由。割礼戕害女性，带来痛苦、折磨和死亡，根除这种习俗的理由再充分不过了。

出任联合国特使，实现了一个我从不敢有的梦想。尽管从小到大，我一向觉得自己与家人、与牧人同胞们不同，但绝不曾料到有一天，自己会为一个解决世界问题的组织担任特使。每位母亲都在给孩子提供舒适与安全，而联合国则为全世界受难的人们做着这件事。如果说我过去的工作与未来在联合国的角色还有关联，那一定在于这一点——早年，朋友们总管我叫“大妈”。他们取笑我，老想照顾他们，照顾大家。

这些朋友为我忧虑，担心我去非洲会被宗教狂加害。毕竟，原教旨主义者们把这种罪行视为神圣，而我将为了消灭这种罪行而大声疾呼。我明白，工作会带来危险。我承认，我会害怕。尤其担心的是，现在我还要照顾小小的儿子。但信念告诉我要坚强，神指给我这条路，自有其道理。他有事要我做，这是我的使命。我相信早在我出生之前，上帝已选定了我的死期，这个我无法改变。与此同时，我尽可以大胆冒险——这一生，我从来勇往直前。

Chapter 18

怀乡思绪

由于我斥责切割女性性器官，有人认为我对本族文化不知感恩。但他们大错特错。我天天感谢上帝，让我出生在非洲。这种感恩从未停止。我为自己是索马里人而感到骄傲，为祖国骄傲。我猜，也许其他文化会认为这是一种典型的非洲思想——为不值一提的东西骄傲。我猜，也许你会说我傲慢。

除开割礼，我不愿与任何人交换我的成长经历。身居纽约，人人都在大谈家庭价值，可依我看做到实处却很少。看不到哪个家庭像我们那样唱歌、拍手、大笑，欢聚一堂。纽约人相互隔绝，毫无群体归属感。

在非洲长大，还有另一个益处。我们真真实实是自然和生命的一部分。我理解真实的生命，未曾生活在保护伞之下。那是鲜活实在的生命，不是电视里的虚构替代物。我活着自己的生命，而不是从电视里看着别人如何活。生命初始，我便有摸爬滚打的求生本能。享受快乐的同时，饱尝痛苦。我懂得快乐不在于拥有什么，因为我曾一无所有，但快乐不减。我最为珍视的时光，是在家乡与家人相守。我怀念那些夜晚，在饭后与家人围坐火边，为每件小小事开怀大笑。天降甘霖，生命再生，我们全都欢天喜地。

在索马里成长的日子,我们感激一切生命不起眼的馈赠。庆祝下雨,因为这意味着有水了。纽约人谁会为水发愁?龙头开着,任水白流,自己走开去厨房干别的事。何时要水,啪,拧开龙头,水就来了。不曾拥有的东西,人才懂得感激。我们一无所有,所以感激一切。

为饱饥肠,我的家人日日苦劳苦作。买回一袋大米,就值得一庆。在美国,食品的丰富和多样,让每个来自第三世界国家的人都吃惊不已。然而,可悲的是,那么多美国人一门心思不吃东西!地球的一侧,我们费尽力气都填不饱肚皮;地球的另一侧,人们却心甘情愿花钱去减肥。每每看到电视播放减肥节目,我就想尖叫:"想减肥?去非洲怎么样!去非洲既可减肥,还可以帮助别人!你想过吗?你不仅自我感觉会变好,想法也会大有不同,一举两得。我保证,从非洲回来时,你肯定学到很多,脑子也肯定比离家时清醒。"

如今,我珍视简单的事物。每天,我都会遇到拥有不止一处豪宅的人,他们还有汽车、游艇、珠宝,可一心只想要更多,仿佛买到下一件东西便能获得幸福和心灵的安宁。而我却不需要什么钻戒来使我快乐。人家会说,啊呀,你当然说得轻松,你现在想要什么都买得起 。可我不想要任何东西。除开生命本身,生命最宝贵的财富就是健康。可成天为各种各样毫无意义的小事烦恼,人们毁了最宝贵的健康:"哎呀,账单又来了,又来了,四面八方,铺天盖地……哎呀呀,我怎么付得起?"美国是世界上最富有的国家,然而人人都觉得自己穷。

比缺钱更糟的是,人人都缺时间。所有人都说自己没时间。

完全没时间。“伙计，快让路！我急着呢！”大街小巷，到处挤满急急赶路的人，追赶什么，只有天知道。

经历过简单与匆忙的两种生活，我真心感激。但假如不曾在非洲长大，我不知自己能否懂得以简单的方式享受生命。索马里的童年经历，永久地铸就了我的个性，令许多人烦恼不已的名啊利啊这类琐屑，我全不在乎。人们常问我：“做名人的感觉如何？”我只是大笑。做名人是什么意思？我不懂。我只知道自己用非洲方式思考，这一点永不会变。

能安享和平，这是西方生活最大的优点之一。我不大能肯定有多少人明白，和平是多么大的福气。不错，这里有犯罪，但战火煎熬比这可怕多了。能在美国安身，能把孩子平平安安抚养大，我深为感激。索马里自 1991 年造反者推翻总统西亚德·巴雷以来，一直烽烟不断。对立部落之间互相争斗，企图控制政权，不知有多少人被杀害。由意大利殖民者建造的摩加迪沙城，曾树立着许多美丽的白色建筑，现已毁于战火。七年不断的战争，房子不是被炸弹炸成废墟，就是被子弹射得千疮百孔。城市完全陷入无序——没有政府，没有警察，没有学校。

得知我的家人未能幸免于这场混战，我伤心欲绝。母亲的兄弟沃尔德阿布，我那个乐天派舅舅，那个长得活像我母亲的人，死在了摩加迪沙。他的家遭到子弹横扫，而他正站在窗前。整幢房子被打得弹孔遍布，一颗飞入窗户的子弹要了我舅舅的命。

如今就连牧人也难逃战火的侵袭。我在埃塞俄比亚见到了我的小弟弟阿里，他也曾中过子弹，侥幸逃生。他独自赶着骆驼时，遭到偷猎者的伏击，胳膊上挨了一枪。阿里倒在地上装死，偷猎者们便抢走了他整群的骆驼。

在埃塞俄比亚见到妈妈时，她告诉我曾遭遇枪战，胸脯上还有一颗子弹没取出来。我妹妹曾带她去沙特的医院，可人家说她太老了，经不起手术。手术会有危险，她可能失去性命。可是我们母女重逢时，她看起来结实得像头骆驼。她是我那坚强的妈妈，还拿中枪子儿的事开玩笑。我问子弹是否还在她体内，她回答："是，是，在呢。我可不在乎，没准儿现在已经化掉啦！"

这些部落间的战争，与割礼的习俗一样，是男人的野心、自私与侵略性造成的。尽管不愿这么说，但这是实话。割礼与战争，归根结底，来自男人对地盘和财产的占有欲，而女性，在文化上和法律上被列入男人的财产范畴。说不定我们割掉男人的睾丸，我的祖国就会变成天堂。男人们会安静下来，对世界更为理性。没有雄性激素阵阵如潮涌动，就不会有战争、杀戮、偷盗、强奸。我们要是也割去他们的生殖器，由他们四下乱跑，流血而死或者逃过一命，他们也许终会明白自己在对女人们造什么孽。

我的目标是帮助非洲女性。想看到她们越来越强大，而不是越来越虚弱。残害女性性器官的做法只会使女性体力上、情感上更为虚弱。女人是非洲的脊梁骨，承担了大部分劳作。假如孩童时期她们未遭宰割，不用残疾一生的话，能成就何等丰功伟绩，我想起来都觉得振奋。

被迫经历残忍割礼，我愤怒不已，但我并不埋怨我的父母。我爱父亲母亲。母亲在割礼的事上没有发言权，身为女人，她无权做任何决定。她只不过做了别人对她做过的事，别人对她的母亲、她母亲的母亲做过的事。而我父亲对割礼的苦痛完全无知。他只知道，在索马里社会，要想把女儿嫁出去，就必须给女儿行割礼，不然，没有男人会娶她。那种生长环境和文化习俗中，我的父母同样也是牺牲品。那些文化习俗已延续数千年不曾改变。而今，正如我们深知疫苗可以预防疾病与死亡，我们也明白妇女不是发情的动物。要赢得女人的忠诚必须通过信任与温情，而不是野蛮残忍的仪式。到时候了，割礼，这种古老的酷刑应该被彻底废止。

我认为，神赐给我的身躯，原本就是完美的。人戕害了我，抢夺了我的力量，把我变成残废。生为女人，我的一部分被夺走了。倘若上天不愿让我拥有身体的这一部分，又为何创造它们?

我祈祷，总有一天，任何女人都不用再经历那种痛苦。割礼将成为历史。人们会说:“听说没，切割女性性器官的做法在索马里已经立法禁止?”接着，还会有下一个国家效法，下一个，再下一个，直到世界各处，所有的妇女都可尽享安全。这将是多么快乐的事，这正是我努力的方向。In’shallah——唯神所愿，这一天定会来临。

致 谢

我要感谢以下这些人,感谢他们帮助我出版本书,感谢他们成为我生命的一部分。

谢谢小埃利克,你是我生命中的最大快乐。非常感谢上帝把你带给我。你给我的幸福无法言说。

谢谢亲爱的达纳,你的光明环抱着我。我们注定命运交汇。我爱你。

谢谢达纳的双亲,谢谢你们收留了我,当作家人。重新有家人在身边多么好!尤其谢谢外婆,我的生命路上有您一直陪伴,您无法知道我对您的爱有多深。

谢谢克里斯蒂·弗莱彻及她在卡罗尔·曼经纪公司的助手们——为你们的值得信赖、忠实与无私奉献。

谢谢威廉·莫罗公司全体工作人员,特别是贝蒂·凯莉,你真正懂我,相信我的洞察力,同样把本书看作自己的孩子。

谢谢凯西·米勒①,为了体会我的所想,你几乎把自己都给忘了。谢谢你付出的所有心血与努力。

谢谢蒂龙·巴林顿,写作此书期间,你一直照顾我,支持我。

① 凯西·米勒,似为本书的记录者凯瑟琳·米勒。

谢谢我的助手萨比瑞娜·赛沃尼，没有你，我无法工作。谢谢你走入我的生活。

谢谢最亲爱的朋友乔治·斯佩洛斯。对你还能说什么呢，除了爱？宝贝。

谢谢芭芭拉·沃尔特斯，埃塞尔·巴斯·温特劳布，谢谢《20/20》节目的所有工作人员，感谢你们给我机会讲我的故事，一直给我支持。

谢谢劳拉·齐夫，你写下那篇难忘的文章，感动的人之多远远出乎我的预想。

谢谢联合国所有人员，你们站在我一边，为我的信念而战。你们给了我和千千万万妇女希望，割礼这种残忍习俗将得到根除。

谢谢我的全体家人及所有反对我的人，你们也许不理解我写本书的诸多原因。本书不想伤害任何人，我没有任何怨恨，尤其对我的家人。谢谢你们始终如一。我爱你们。

最后，最重要的是感谢神，世界的创造者。谢谢你赐予我生命，赐予我力量与勇气，渡过条条大河，不论风平浪静还是波涛翻滚。你缔造了一个充满美与爱的世界。我真诚希望，人人都对我们所拥有的这座天堂般的星球学会爱与感恩。